B L A C K   H E A R T

검은 하트

BLACK HEART

검은 하트

김선희 장편소설

라임

• 치 례 •

중2로 산다는 것

자리에 앉자마자 동기가 내 자리로 왔다. 홍동기. 내 초등학교 동기다. 이름도 동기.

"생각해 봤냐?"

다짜고짜 묻는다.

동기와 나는 같은 초등학교를 다녔지만 별로 친하지 않았다. 그런데 중학교에 올라와서 급속도로 친해지게 된 계기가 있었다.

어느 날, 동기가 골목에서 삥 뜯기고 있는 장면을 목격했다. 네다섯 명 정도의 여자 초딩들이 동기를 둘러싸고 있었고, 동기는 겁에 질린 얼굴로 바들바들 떨고 있었다.

여자 초딩들은 하나같이 동기보다 키가 더 컸고, 모두 진한 화장을 하고 있었다. 심지어 머리를 노랗게 염색한 애랑 담배 연기로 도넛을 만들어 내는 애도 있었다. 한눈에 알아봤다. 동기는 '독수리 오자매'에게 걸린 거다. 이럴 때는 무조건 숨는 게 상책이다. 나는 재빨리 벽 뒤로 몸을 피했다.

'독수리 오자매'는 역사와 전통을 자랑하는 연합 초딩 일진이다. 여자 초딩 5~6학년 다섯 명으로 구성돼 있는데, 그중 짱은 독수리 자매들의 투표로 6학년 중에서 선출된다. 6학년은 졸업하기 전에 신입 회원을 뽑아 결원을 채워야 하기 때문에 각 초등학교를 돌며 신입 회원 후보들을 만나고 다닌다.

신입 회원 조건은 무척 까다롭다. 일단 자신의 몸에 칼빵을 낼 수 있는 대담함은 기본이고, 차진 욕을 내뱉을 수 있는 창의력도 겸비해야 한다. 태권도 공인 1단 이상의 자격증이 있으면 가산점이 붙어 입단에 유리하다. 바야흐로 일진도 스펙 보고 뽑는 시대인 거다.

일진이라고 해서 시시껄렁한 불량 동아리를 떠올리면 곤란하다. '독수리 오자매'들은 서울 지역, 경기 지역, 충청 이남 지역 등 전국적인 네트워크를 갖고 있다. 전국 연합에서는 각 지역 짱들을 모아 놓고 연합 짱을 뽑는데, 연합 짱에 선출되면 초딩 일진들의 전설이 된다. 대부분의 연합 짱은 서울이나 부산, 대구 등 대도시에서 나온다. 하지만 몇 년 전 경기도의 한 변두리 지역에서 연합 짱이 나와 화제가 된 적이 있다. 그 연합 짱 이름은 '검은 하트.' 그 후 검은 하트는 일진들의 전설이 됐지만, 지금은 모두의 기억에서 사라진 지 오래다.

근데 어떻게 '독수리 오자매'를 이렇게 속속들이 알고 있느냐고?

대한민국에서 발붙이고 안전하게 살려면 일진 그룹에 대한 정보쯤은 속속들이 꿰차고 있어야 한다. 웬만하면 그들을 피해 다녀야 하니까. 똥이 무서워서 피하나? 더러워서 피하지. 대한민국의 중딩들이 이렇게 고달프게 산다.

"오빠, 빤스 속에 있는 것도 꺼내야지."

키가 큰 자매가 동기를 내려다보며 동생한테 타이르듯이 말했다. 동기는 듣기에도 애처로운 목소리로 대답했다.

"저, 저, 정말이야. 아, 아, 아무것도 없어."

이번에는 노랑머리 자매가 한 대 칠 것처럼 손을 높이 쳐들었다.

"이 오빠가 진짜 보자 보자 하니까 사람이 보자기로 보이나?"

아, 이 첨단 21세기에 20세기식 유머를 구사하는 초딩 일진이라니. 순간, 웃음이 나오려는 걸 가까스로 참았다.

결국 동기는 몇 대 얻어맞고 빤스 속에 숨겨 둔 돈까지 다 털렸다. 오자매가 동기에게 빼앗은 돈을 세며 유유히 골목 저쪽으로 사라진 뒤에야, 나는 슬금슬금 벽 뒤에서 나와 골목 안으로 걸어갔다. 동기가 털렸으니 한동안 골목은 안전할 터였다.

동기는 나를 빤히 보더니 대뜸 손을 내밀었다.

"돈 있냐? 이천 원만 빌려줘. 피시방 가야 하거든. 내일 꼭 갚을게."

"꼭 갚아야 돼."

그게 동기와의 첫 대화였고, 다음 날부터 우리는 친구가 되었다. 우리 사이에는 남자들만이 공감할 수 있는, 끈끈한 연대감 같은 게 생겨서 금세 친해졌다. 물론 그날 골목에서의 일은 무덤까지 갖고 가기로 맹세했다. 이제 동기의 치부는 나의 치부나 마찬가지니까.

2학년이 되자, 동기는 뜬금없이 싱어송라이터가 되겠다고 선언했다. 거기까지는 괜찮았다. 그런데 글쎄, 밴드를 결성하겠단다. 밴드 이름은 '우주로탈출프로젝트'. 이름만 들어도 밴드의 성격을 알 수 있을 것 같다. 무엇을 상상하든 그 이하일 것 같은 이름. 내가 다룰 줄 아는 악기가 없다고 해도 동기는 막무가내였다.

"넌 그냥 철가방만 잘 두드리면 돼."

이 밴드 수준도 알 만하다. 우리 집이 중국집을 한다고 나더러 철가방을 두드리라고 하는 모양인데, 창의력치고는 너무 빈곤하다. 그럼 한식집을 하면 젓가락을 두드려야 하나? 빈곤한 건 창의력뿐만이 아니다. 동기의 보컬 실력은 빈곤한 정도가 아니라 끔찍한 수준이다. 음정과 박자를 아주 가지고 논다. 올라가야 할 때 내려가고, 내려가야만 할 때 서슴없이 올라간다. 짧아야 할 때 길어지고, 길어지는 게 마땅할 때는 짧아진다. 한마디로 음치라는 얘기다.

동기는 세상에 태어나는 순간부터 이 우주에 단 하나뿐인 독특한 밴드를 만드는 소망을 품었다고 주장했다. 그 소망에 나를 끌어들이다니……. 내가 동기만 보면 피하게 되는 이유로 충분하다.

"생각 없어."

딱 잘라 말했지만 동기는 내 뒤를 졸졸 따라다니며 졸라 댔다.

"너니까 끼워 주는 거야. 우리 밴드에 들어오고 싶어 하는 애들이 줄을 서면 운동장 두 바퀴 반이나 된단 말이다. 제발 다시 진지하게 생각해 봐라, 응? 내가 곡도 썼단 말야. 들어 봐."

곡을 썼다고? 보나 마나 허섭스레기겠지.

동기는 화장실까지 따라와 내 옆에서 노래를 하기 시작했다.

"바퀴벌레, 쥐며느리, 공벌레, 노래기, 무당벌레, 폭탄먼지벌레, 참넓적사슴벌레, 개똥벌레, 큰빗이끼벌레, 벌레벌레벌레벌레벌레벌레."

역시 모든 음이 '솔'에 맞춰져 있다. 동기는 소변기에 오줌 떨어지는 소리를 반주 삼아 노래를 불렀다. 후렴구의 '벌레~'는 무슨 사이비 종교의 주문처럼 음산하고 괴기스러웠다. 가사는 아무 의미 없고 표정은 진지한 데다 무슨 노래가 끝날 줄을 모른다. 웃음 유발이 목적이라면 일단은 성공.

벌레벌레벌레, 하고 나직이 읊조리는 후렴에서 결국 웃음이 터지고 말았다. 웃는 바람에 오줌 줄기가 걷잡을 수 없이 사방으로 튀었다. 내가 지금까지 살면서 들어 본 것 중에서 제일 웃기는 노래였다.

"제목은 〈세상 모든 하찮은 것들에게 바치는 찬가〉야. 어때? 죽이지? 2절도 만들었어. 들어 봐. 참나물, 비름나물, 취나물, 깻잎나물, 콩나물, 시금치나물, 고사리나물, 나물나물나물나물나물나물."

웃음을 꾹 참고 대꾸도 하지 않았다. 죽이는 건, 이런 허섭스레기에 찬가라는 제목을 붙이는 너의 그 무모하기 짝이 없는 용기란다. 그 용기만은 높이 사 줄게.

동기는 교실로 나를 졸졸 따라왔다.

"우리 밴드는 특별히 무희를 두기로 했어. 일종의 마스코트지. 쭉쭉 빵빵한 글래머 두 명이 춤을 춘다. 한 명은 허락을 받았고, 한 명은 지금 열라 포섭 중이야."

이것은 '장기하와 얼굴들'의 패러디? 그나저나 '그 정신 나간 여자애가 누군데?' 라고 물어보려는데 동기가 자진해서 술술 털어놨다.

"한 명은 김요정이고, 한 명은 정다소. 김요정은 한다고 했고, 정다소는 하고는 싶은데 엄마가 반대. 엄마만 허락하면 하겠다는데 암튼 넘어오는 건 시간문제다."

김요정이 춤을 춘다고? 도대체 왜? 춤을 추는 김요정을 도저히 상상할 수가 없다. 그러거나 말거나 나하고는 상관없는 일이다. 나는 단칼에 거절했다.

"싫어. 절대, 네버, 죽어도 안 해."

동기가 의외라는 표정으로 나를 빤히 바라보았다.

"왜? 너 김요정이랑 친하잖아. 너도 들어온다고 했더니 김요정이 1초도 생각해 보지 않고 오케이 하던데? 암튼 오늘 학교 끝나고 우리 밴드 사전 모임 있으니까 한번 와 봐. 직접 보면 마음이 달라질걸?"

맙소사. 김요정과는 과외로 엮이는 것만으로도 충분하다 못해 넘친다. 밴드로 또 엮이다니, 말도 안 돼. 생각만 해도 치가 떨린다. 수업 시간 내내 머릿속을 가득 메운 의문 부호끼리 꼬리에 꼬리를 걸고 빙빙 돌았다. 김요정이 왜 이런 유치한 밴드에 들어온다고 했지? 안무

팀이면 춤을 잘 춰야 하는데 김요정이 춤을 좀 추나? 내가 들어올 것 같다고 했더니 1초도 생각해 보지 않고 오케이 했다고? 왜?

"아, 씨, 니기미 뽕."

갑자기 앞쪽에서 욕하는 소리가 들려왔다. 머릿속을 맴돌던 의문부호들이 순식간에 사라졌다. 박홍래였다. 홍래는 동기의 친구. 그러니까 나하고도 친구.

홍래는 우리와는 몸의 사이즈가 다르다. 키 180센티미터에 몸무게는 90킬로그램에 육박한다. 코밑에 까만 수염도 났다. 사이즈는 특대형이지만 목소리만은 아직 변성기를 지나지 않아서 초딩이다. 그 거대한 몸에 아기같이 가느다란 목소리라니. 그래서 홍래는 좀처럼 입을 열지 않는다. 입만 열면 깨니까.

방금 전 홍래가 말한 '니기미 뽕'은 요즘 우리 반에서 돌고 있는 유행어다. 유행은 돌고 돈다. 욕도 마찬가지. 오래전에 우리 조상님들이 사용했던 이 유행어가 또다시 우리 반에서 돌풍을 일으키는 중이다. 니기미 뽕이 무슨 뜻인지도 모르면서, 우리는 그 말을 마치 접두사나 접미사, 감탄사처럼 자주 사용한다. 선배들이 '열라'니 '존나'니 하는 단어를 1초에 한 번씩 사용했던 것처럼, 우리 또한 적어도 1초에 한 번씩은 '니기미 뽕'을 내뱉는다.

그런데 홍래는 왜 뜬금없이 수업 시간에 니기미 뽕을 외친 걸까? 칠판에 문제를 적고 있던 수학 선생님이 험상궂은 얼굴로 뒤를 돌아보았다.

"누구냐?"

아무도 대답하지 않았다. 수학 선생님은 책을 교탁 위에 내려놓고 대신 공포의 3단봉을 집어 들었다. 늘 3단봉을 가지고 다닌다고 해서 수학 선생님의 별명은 아예 '3단봉'이다.

"……."

"너지? 박홍래."

수학 선생님의 3단봉이 정확히 홍래에게로 향했다. 홍래는 '뉘 집 개가 짖나?' 하는 뻔뻔스러운 얼굴로 주위를 두리번거렸다.

"일어나."

홍래가 일어났다. 3단봉이 홍래 앞으로 천천히 걸어갔다.

"방금 누구한테 욕한 거냐?"

홍래는 3단봉을 빤히 바라보며 말했다.

"욕 안 했는데요?"

3단봉 얼굴이 붉어졌다.

"분명히 욕했어."

"안 했는데요?"

"했잖아."

"안 했어요."

"했어."

"안 했다고, 니기미 뽕."

그 순간, 3단봉이 높이 쳐들리면서 눈 깜짝할 사이에 2단봉, 1단봉으로 변신하더니 홍래의 뒷덜미를 강타했다. 그리고 아까부터 극적인 순간이 오기를 기다리고 있던 몇몇의 손들이 특종을 잡듯 일제히 휴대폰의 카메라를 눌러 댔다.

우리 반에서 제대로 된 뇌를 가지고 있는 인간은 한 명도 없다. 한마디로 무뇌아들의 집합소다. 무뇌아들은 오늘 하루도 어떻게 하면 신나고 화끈하게 보낼까, 그런 궁리만 한다. 선생님들은 이번 학년이 역사상 가장 공부도 못하고 장난도 심하며 사고도 많이 치는 문제아들이라고 혀를 내둘렀다. 우리가 역사의 한 페이지를 장식할 만큼 무뇌아들이 된 건 출생의 배경 때문이라고도 했다.

우리 학년들은 대부분 한일 월드컵이 열리던 2002년도에 태어났다. 2002년은 말로 설명할 수 없는 집단 광기의 시대였다고 한다. 붉은 악마의 무리들이 저녁마다 드넓은 광장은 물론 골목길, 작은 공터, 맥줏집, 도로를 점거하며 온 나라를 붉은 색깔로 점점이 물들였던, 한마디로 '붉은 악마의 시대'였던 것이다. 그때 태어난 내 또래들은 올해 중2가 되었다. 그렇지 않아도 중2들한테 '반인반수'니 '중2병 환자들'이니 하는 별명을 붙여 도매급으로 인간 취급을 안 하는데, 무려 2002년도에 태어났으니 선생님들이 아예 우리를 포기한 것도 어느 정도 이해는 간다.

내가 태어난 날은 2002년 6월 22일. 그러니까 우리나라와 스페인의 8강 시합이 있던 날이었다. 우리나라 축구 역사에 한 획을 그은 명

승부가 펼쳐진 날이었지만, 불행한 내 개인의 역사가 시작된 날이기도 하다. 동네 사람들은 온몸이 벌게져서 거리로 쏟아져 나왔다. 붉은색 스카프, 붉은색 티셔츠, 붉은색 반바지, 붉은색 두건을 온몸에 두른 것도 모자라, 얼굴까지 붉은색으로 칠해 버린 기이한 무리들이 거리를 가득 메웠다. 뭘 모르는 외국인이 이 광경을 봤다면 한국 사람들은 황인종이 아니라 적인종이라고 생각했을지도 모른다. 과장을 좀 보태자면 말이다.

축구의 '축' 자도 모르던 엄마 또한 처녀 때 입었던 붉은 티셔츠를 꺼내 입고 설악산 단풍 사진이 새겨진 손수건으로 머리를 질끈 묶은 뒤, 빛바랜 붉은색 양말까지 야무지게 챙겨 신었다. 엄마가 신이 나서 붉은 악마의 대열에 동참한 건 월드컵 때문이 아니라 백만 년 만에 찾아온 대목 때문이었다. 1초에 한 번씩 주문 전화가 걸려 오는 통에 즐거운 비명을 질러 댈 틈도 없었다. 그때 엄마의 배 속에는 열 달을 채운 내가 들어 있었다.

운명의 그날, 우리나라는 강호 스페인과 맞붙었다. 경기는 전후반 무승부. 연장전에 돌입했지만 역시 승부가 나지 않았다. 결국 승부차기로 양 팀의 운명이 갈리는 절체절명의 순간이 찾아왔다. 그 시각, 주문 전화도 뚝 끊어졌다. 주방에서 일하던 아빠도 홀에 나와 손님들과 함께 숨을 죽이며 텔레비전을 지켜보았다. 스페인의 네 번째 키커 호아킨이 슛을 날리기 바로 직전, 텔레비전을 보고 있던 엄마가 비명을 질렀다.

"아이고, 배야! 아이고, 아기 나오네."

가게에 있던 사람들이 일제히 엄마를 쳐다봤다. 엄마는 가랑이 사이로 흘러나오는 양수를 내려다보며 두 손으로 배를 움켜쥐었다. 그때 이미 내 머리는 세상 밖으로 나온 상태였다. 그리고 뭐가 그렇게 급했는지, 엄마가 병원으로 갈 틈도 없이 내 몸이 쑥 나왔다고 한다. 아빠는 주방에서 가위를 소독해 와 탯줄을 잘랐다.

그날 우리나라는 스페인을 승부차기에서 5 대 3으로 이겨 4강 진출이라는 쾌거를 이루었다. 손님들은 내가 우리나라를 승리로 이끈 행운동이라고 엄지손가락을 번쩍 추켜세웠다. 하지만 그때뿐이었다. 위인들의 탄생 설화와 맞먹는 특이한 출생의 순간 때문에 사람들의 축복과 기대를 한 몸에 받았지만, 그 후의 내 삶은 월드컵 응원이 끝나고 난 뒤 쓰레기로 뒤덮인 뒷골목처럼 별 볼일 없어져 버렸다. 세상으로부터 받을 주목을 태어나는 순간에 모두 다 써 버린 탓일지도 모른다.

그럭저럭 별 탈 없이 초등학교를 졸업하고 중학교에 올라왔을 때는 지구에서 수백 광년 정도 떨어진 다른 별로 순간 이동을 한 듯한 기분이었다. 절대로 끝나지 않을 것 같은 유년기를 넘고, 바야흐로 청소년기로 접어들었다는 사실이 실감났다. 그곳은 지금까지 살았던 곳과는 완전히 다른 세계였다. 어른들은 우리에게 똑같은 교복을 입힌 뒤 그 세계로 들어가라고 등을 떠밀었다. 몸에 맞지 않는 교복, 학년별로 색깔이 다른 이름표, 낯선 교실, 두려운 공기.

아이들은 날 때부터 중학생이었던 것처럼 순식간에 그 세계에 적응해 갔다. 그 전까지 내가 알던 아이들이 아니었다. 여자아이들은 예고도 없이 가슴이 A컵에서 B컵이 됐으며, 너나 할 것 없이 짙은 화장을 하고 다녔다. 어느새 여자가 되어 있었던 거다.

남자아이들은 힘을 과시하기 위해 매일 교실 구석에서 결투를 벌였다. 하루가 멀다 하고 코뼈가 부러졌고, 이가 나갔고, 유리창이 박살났다. 매일 피를 볼 때까지 싸우는 통에 선생님들은 험악한 얼굴로 소리를 질러 댔다. 3단봉 역시 우리에게 핏대를 세우고 소리를 질러 대는 선생님들 중 하나다.

찰칵, 찰칵. 사진 찍는 소리가 교실을 가득 채웠다. 3단봉은 더 이상 3단봉을 휘두르지 못하고 돌아섰다. 3단봉은 홍래에게 진 게 아니라, 우리 반 모두에게 진 거다. 올해에만 벌써 우리 반에서 교사 폭력을 신고한 건수가 열두 번이나 되기 때문이다. 열세 번째로 신고를 당하는 폭력 교사가 되지 않으려면 여기서 멈추는 게 현명한 거다. 홍래는 3단봉이 돌아서서 칠판 앞으로 가는 동안 아이들을 향해 양손으로 승리의 브이 자를 치켜들었다. 아이들은 오늘의 승자를 향해 소리 없는 박수를 쳐 댔다. 이게 무슨 짓거리들인지. 정말 니기미 뿅이다.

동기는 내가 '우주로탈출프로젝트'에 합류하지 않으면 대한민국에서는 도저히 발붙이고 살 수 없을 만큼 괴롭힐 거니까 이민을 가야 할 거라고 협박했다. 결국 수업이 끝나고 동기에게 끌려 아지트로 갔다. 일단 간이라도 보는 척해서 동기를 달래 놓고, 잽싸게 튈 요량이었다.

아지트는 동기네 아파트 지하실이었다. 들어가자마자 축축하고 기분 나쁜 냄새가 훅 끼쳐 왔다. 그동안 이사 간 사람들이 버리고 간 부서진 책상과 의자, 깨진 항아리, 그리고 용도를 알 수 없는 잡다한 물건들이 먼지를 뒤집어쓴 채 어지럽게 쌓여 있었다.

아파트 화단 쪽으로 난 창문을 통해 햇빛이 겨우 들어와 어둡지는 않았다. 물건들을 좀 치우면 연습실로 쓰기에 무리가 없어 보였다. 문제는 지독한 냄새였다. 뭔가 썩는 냄새, 오줌 냄새, 곰팡이 냄새, 시멘트 냄새, 먼지 냄새 같은 것들이 뒤섞여서, 뭐라고 특정하기 어려운 끔찍한 냄새가 가득 고여 있었다.

모인 사람은 동기와 나, 홍래, 모르는 얼굴 한 명, 김요정, 이렇게 다섯 명이었다. 동기는 이 정도면 노래 연습도 하고 친목도 다지는 아지트로 최적의 장소가 아니겠느냐며 만족스러워했다. 썩은 걸레 같은 표정을 짓고 있는 나머지 네 명의 얼굴은 눈에 들어오지도 않는 모양이었다.

동기의 지휘 아래 우리는 연습할 공간을 만들기 시작했다. 못 쓰는 물건들을 한쪽 구석으로 몰아 자리를 만든 다음, 그나마 쓸 만한 책상, 의자, 탁자 같은 것들을 가져와 빈 공간에 배치했다. 먼지가 쌓인 가구들을 옮겨서인지 모두들 금세 손이 새까매졌다. 얼추 자리 정리를 끝낸 뒤에는 한 명씩 책상이나 의자, 탁자를 차지하고 빙 둘러앉았다.

"자, 이제 우리 '우주로탈출프로젝트' 멤버들이 모였으니 신고식을 하자."

동기가 우리를 둘러보며 말했다. 그제야 정신이 번쩍 들었다.

"잠깐만."

모두들 나를 바라보았다.

"난 여기 들어온다고는 안 했어. 그냥 너한테 끌려온 것뿐이야. 그럼, 이만 바빠서."

의자에서 일어나는데 김요정이 말했다.

"야, 진드기! 가긴 어딜 가?"

진드기? 와하하하. 아이들이 웃음을 터트렸다. 어휴, 저걸 그냥 확. 주먹 쥔 내 손을 동기가 잡지만 않았더라면, 넌 오늘 무사하지 못했을 거다.

동기가 나를 끌어다 다시 의자에 앉혔다.

"자, 자, 일단 앉아서 얘기하자."

나는 계속해서 김요정을 노려보았다. 김요정은 내가 자기를 노려보고 있다는 걸 알면서도 시치미를 뚝 떼고 동기를 바라보고 있었다.

"이제 우리는 완전체가 된 거다. 일단 밴드 '우주로탈출프로젝트'에 대해서 간단히 브리핑을 하겠다."

브리핑이라는 단어는 이럴 때 쓰라고 생긴 단어가 아닐 텐데. 어쨌든 동기는 진지한 얼굴로 '브리핑'을 하기 시작했다.

"우리 '우주로탈출프로젝트'는 지구에서, 아니 우주에서 단 하나뿐인 위대한 밴드다. 여기 모인 다섯 명은 '우주로탈출프로젝트'를 결성하는 역사적인 순간을 함께하게 된 영광스러운 멤버들이다."

홍래가 혼자 박수를 치다 말고 우리를 보더니 멋쩍은 듯 손을 내렸다.

김요정이 손을 번쩍 들었다.

"질문."

"해 봐."

"아, 질문은 아니고 건의. 우린 서로 아는 사람도 있고 모르는 사람도 있는데 먼저 자기소개부터 하는 게 어때?"

그러면서 다른 반 애를 힐끔 바라보았다. 아까부터 한 마디도 하지 않고 있던 남자애가 수줍은 듯 고개를 살짝 숙였다.

"참 훌륭한 의견이다. 그럼 우선 자기소개부터 하자. 나 홍동기는 음악에 살고 음악에 죽고 음악 때문에 살아가는 음악인. 오늘 우리는 시대가 원하는 진정한 음악을 세상에 보여 주기 위해 이 자리에 모였다. 부족한 나를 믿고 이 운명에 함께해 준 너희에게 무한한 신뢰와 감사의 말을 전하며, 다음."

동기가 옆에 앉은 홍래 쪽으로 고개를 돌렸다.

"난 박홍래. 젬베를 칠 거야. 한 번도 쳐 본 적은 없지만 동기가 그래도 된다고 해서 들어왔어. 앞으로 힘쓸 일이 있으면 나한테 맡겨. 뭐든 열심히 할게."

홍래 목소리를 들을 때마다 매번 깜짝깜짝 놀란다. 그 큰 몸집에서 나오는 초딩 목소리라니. 동기가 박수를 치자 다른 애들도 따라 했다. 동기가 홍래에게 물었다.

"참! 홍래야, 너 아까 수업 시간에 누구한테 욕한 거야?"

"내가 언제?"

"수학 시간에 니기미 뽕."

"그게 욕이냐? 니기미 뽕."

"아, 맞다. 니기미 뽕."

니기미 뽕이 욕이 아니란 사실을 하마터면 잊을 뻔했다.

그다음은 다른 반 애 순서였다. 그 애는 혼자만 다른 반이라는 사실이 무슨 대단한 잘못이라도 되는 양 주눅이 들어 말했다.

"미안해. 내가 여기 낄 자격이 되는지 모르겠어. 암튼 난 4반 황금동이라고 해. 잘하는 건 없지만 뭐든 시켜만 주면 열심히 할게."

그렇게 말해 놓고 황금동은 얼굴이 빨개졌다. 도대체 뭐가 미안하다는 건지 이해할 수 없었지만 진짜 미안해하는 표정이었다.

다음은 김요정 차례였다. 김요정은 낡은 일인용 소파 위에 우아하게 앉아 있다가 자기 차례가 되자 갑자기 벌떡 일어나 한가운데로 나갔다.

"나는 김요정. 너희의 선택은 옳았어. 춤이라면 내가 또 한춤 하지."

그러고는 발레를 하듯 우아하게 제자리에서 한 바퀴 빙글 돌더니 느닷없이 개다리 춤을 췄다. 발레와 개다리 춤이라니, 어이가 없었다. 그런데도 아이들은 뭐가 그리 좋은지 우레와 같은 박수를 쳤다.

"와, 대단해. 역시 김요정은 우리 '우주로탈출프로젝트'의 마스코트가 될 자질이 충분해. 자, 그럼 다음."

홍래를 비롯해서 김요정까지 일제히 나를 바라보았다. 나는 아이들의 주목을 받자 얼굴이 확 달아올랐다. 인생은 타이밍이라던데 빠져나가기에는 이미 늦은 걸까?

동기가 손바닥을 한 번 짝 치더니 말했다.

"자, 자, 진익이는 우리 팀에서 철가방 연주를 할 거야. 최강 철가방 연주를 기대하시라."

아이들이 또 박수를 쳤다. 어어, 하는 사이에 나는 철가방 연주자가 되어 버렸다. 성대한 개회식이 끝나고 '우주로탈출프로젝트'가 결성되었다. 내가 왜 그 자리를 박차고 나오지 않았는지 모르겠다. 어쨌든 나는 내 의지와는 상관없이 얼떨결에 '우주로탈출프로젝트' 멤버가 되고 말았다. 그때는 내 앞에 펼쳐질 엄청난 일들을 짐작조차 하지 못했다. 만약 그때 그 자리를 박차고 나왔다면, 내 운명은 어떻게 됐을까?

동구반점의 역사

"지하실에 쥐가 사나 봐."

지하실에서 양파를 가지고 올라온 아빠가 양파 망을 물끄러미 내려다보며 말했다. 주황색 양파 망에는 작은 구멍이 뚫려 있었다. 요즘은 쥐도 독해졌나 보다. 어떻게 저 매운 양파를 먹지? 기다렸다는 듯이 엄마의 '따다다다'가 시작됐다.

"지난번에는 생감자를 훔쳐 먹더니 이번엔 양파야? 그러게 내가 뭐랬어. 미리미리 예방했으면 쥐새끼들이 왜 들끓겠어? 이러니까 우리나라 짜장면들이 비위생적이라고 욕을 먹는 거라고. 이러다 우리나라 중식업계 전체가 망할지도 모르는데 쥐를 잡든가 아예 쥐가 발걸음도 못 하게 하든가 했어야지. 지하실에 쥐가 들끓는다는데 당신은 속 편하게 양파만 까고 있으면 다야? 엉? 사람이 말을 하면 말대꾸를 하든가. 당신 벙어리야? 내 말 듣고 있어?"

우리 집 지하실에 사는 쥐가 우리나라 중식업계를 망하게 한다, 는 엄청난 비약법을 구사하다니. 역시 엄마는 대단하다. 엄마의 말에는 쉼표가 없다. 말뿐만이 아니다. 엄마의 인생에도 쉼표 따위는 없다. 엄마는 일을 하는 내내 잔소리를 하고, 그러면서도 틈틈이 화를 낸다. 엄마가 일을 쉬거나 잔소리를 쉬거나 화를 쉬는 걸 한 번도 본 적이 없다. 엄마는, 그런 사람이다. 한순간도 쉬지 않는 사람.

엄마는 지하실에 사는 쥐가 아빠 탓인 것처럼 있는 대로 잔소리를 퍼부어 댔다. 잘못된 건 다 아빠 탓이다. 폭우가 와서 지하실에 물이 차면 아빠가 미리미리 대비를 못 해서 그런 거고, 짜장면이 많이 팔리지 않으면 아빠의 솜씨가 형편없어서 그런 거다. 또 수도꼭지가 낡아서 고장 나면 아빠가 미리 고치지 않았기 때문이고, 내가 공부를 못하는 건 아빠 머리를 닮아서 그런 거란다.

우리 엄마는 정말 사람을 질리게 하는 데 특출한 재능이 있다. 내가 아빠라면 단 하루도, 아니 단 한 시간도 엄마 같은 여자랑은 함께 못 살 거 같다. 난 아들이기 때문에 어쩔 수 없이 같이 살고 있지만, 아빠는 왜 아직까지 엄마랑 이혼을 안 하는지 모르겠다. 엄밀히 말해서 아빠는 엄마하고 생판 남남인데.

그러거나 말거나, 아빠는 양파를 썰고 있다. 양파는 쪼개지고 빠개지고 조각났다. 아빠의 양파 써는 솜씨는 가히 예술이다. 사과를 허공에 던진 뒤 칼 한 번 휘둘러 열두 조각을 내는 무사 같다. 아빠는 그런 사람이다. 칼로 도를 닦는 사람. 칼 하나로 엄마의 따다다다를 단숨에 제압하는 식칼 무사.

나는 과외를 가기 전, 아빠가 말아 준 짜장면을 먹고 있었다. 엄마의 따다다다를 듣고 있자니 짜장면이 코로 들어가는지 입으로 들어가는지 모르겠다.

부릉부릉, 부부부부르르릉.

그때 밖에서 요란한 오토바이 소리가 들려왔다. 아빠한테 잔소리를 하던 엄마의 시선이 가게 밖으로 옮겨갔다. 아빠는 그제야 참고 있던 숨을 한꺼번에 몰아쉬었다.

"야, 기똥서! 너 어디 가서 자빠져 있다 이제야 기어 들어오는 거야?"

이제 막 가게 안으로 들어오는 외삼촌에게로 엄마의 따다다다가 옮겨갔다. 자빠져 있다가 기어 들어오는 게 아니라 배달을 하고 달려오는 길이라는 건 지나가던 개도 알 텐데.

외삼촌은 머리를 뒤로 젖히며 멋들어지게 헬멧을 벗었다. 헬멧을 벗을 때의 외삼촌은 남자인 내가 봐도 정말 멋있다. 헬멧에 감추어져 있던 길고 윤기 나는 머리카락이 어깨 위에서 출렁거릴 때는 영화 〈반지의 제왕〉에서 금발을 휘날리던 레골라스 같다.

외삼촌은 헬멧을 벗어 옆구리에 끼고는, 마치 '왜? 나 없는 사이에 세계 종말이라도 왔어?' 하는 천연덕스러운 표정으로 엄마를 멀뚱멀뚱 바라보았다.

"내가 오토바이 몰고 야밤에 돌아다니지 말라고 했어, 안 했어? 네 나이가 몇 개야? 낼모레면 나이 서른인 놈이 어디 할 짓이 없어서 동네 꼬마들하고 폭주족 짓이나 하고 돌아다녀? 또 폭주족 짓 하려면 얌전히나 할 것이지, 왜 죄 없는 남의 집 간판은 들이받고 지랄이야, 지랄은. 생돈 20만 원 물어줬는데 이거 어쩔 거야? 어쩔 거냐고, 응?"

그렇다. 엄마가 저기압인 이유는 외삼촌 때문이다. 외삼촌이 어젯밤 또 사고를 쳤다. 외삼촌이 우리 집에 온 후로 조용할 날이 없다. 우리 외삼촌 기동서 씨(엄마는 화가 날 때마다 '기동서'를 '기똥서'라고 부른다.)는 세상에 하나밖에 없는 엄마의 남동생이다. 내일모레가 아니라 내년에 서른이 된다. 대학을 졸업하고 춘천 집에서 빈둥빈둥 놀던 외삼촌을 우리 가게 배달 아르바이트로 끌어들인 건 엄마였다. 취직 활동을 하든지, 경제 활동을 하든지, 경제 활동을 하면서 취직 활동을 하든지 하라며 서울로 불러왔다.

외삼촌은 취직 활동을 하면서 경제 활동을 하고, 거기다 취미 활동까지 하겠다면서 기꺼이 비정규직 배달원으로 취직을 했다. 하지만 처음 의도와는 다르게 취직 활동도 하는 둥 마는 둥, 경제 활동도 대충대충, 오로지 오토바이를 타는 취미 활동만 열심히 하고 있다.

엄마의 따다다다가 계속되는 와중에 외삼촌이 시크하게 말했다.

"월급에서 까."

엄마가 드디어 폭발했다.

"더 깔 월급도 없어. 오히려 내가 손해 배상을 청구해야 돼. 넌 오늘 날짜로 해고야. 알아? 해고라고."

외삼촌은 해고라는 말이 마치 "밥 먹어."라는 말쯤으로 들린다는 듯 태연하게 주방 쪽으로 걸어갔다.

"매형, 뭐 도와 드릴 거 없어요?"

엄마가 그런 외삼촌 뒤에 대고 철가방 두드리는 소리를 냈다.

"야! 기똥서, 너 거기 안 서?"

우리 집은 내가 태어날 때부터 중국집이었다. 아니, 아빠가 태어나기 전부터 중국집이었다. 그러니까 우리 집은 할아버지 때부터 중국집을 했다는 얘기다.

짜장면에 대한 할아버지의 애정은 유별났다. 1·4 후퇴 때 혈혈단신으로 북에서 내려온 할아버지는 모진 고생 끝에 지금의 이 자리에 있던 '동구반점' 주방에 조수로 들어갔다. 할아버지는 주방에서 십여 년 허드렛일을 하다, 10년이 지난 다음에야 비로소 주인에게 칼 쓰는 법을 배웠다고 한다. 주인은 그 후 5년이 더 지나서야 짜장면 만드는 법을 할아버지에게 전수해 줬다. 춘장을 만드는 법, 불의 온도, 밀가루 반죽의 농도, 불과 기름의 조화, 최상의 맛을 내는 비법, 짜장면 한 그릇을 대할 때 필요한 경건한 마음 자세까지. 평생 독신으로 살았던 전 주인은 죽기 전 할아버지에게 이 가게를 물려주었다. 조건은 딱 하나였다.

'절대로 동구반점 문을 닫지 말 것.'

전 주인에게서 짜장면을 만드는 기술과 짜장면에 대한 숭고한 이념, 더불어 동구반점의 간판까지 물려받은 할아버지는 짜장면에 전 생애를 걸었다고 해도 무방할 정도로 짜장면 외길 인생을 걸었다.

주변의 수많은 중국집들이 흥망성쇠를 거듭하는 오랜 시간 동안, '동구반점'은 굳건히 이 자리를 지켜 왔다. 할아버지는 전 주인이 물려준 허름한 기와집을 허물고 그 자리에 3층짜리 건물을 지었다. 우리나라에 민주화 바람이 불었던 80년대의 일이다.

할아버지는 무조건 이 집에서 태어나는 장남들에게 동구반점의 전통을 이어 가게 해야겠다고 결심했다. 3남 1녀의 첫째로 태어난 아빠는 단지 첫 번째로 태어났다는 이유로 젖먹이 때부터 경영 수업을 받았다. 칼질 소리를 자장가로 들어야 했고, 젖 냄새보다 짜장면 냄새를 더 많이 맡아야 했다. 아빠의 핏속에 섞여 있던 짜장 소스는 땀으로 흘러나왔고, 심지어 방귀에서도 짜장면 냄새가 났다. 아이들은 아빠한테서 짜장면 냄새가 난다고 놀렸다. 그래도 아빠는 헤헤, 웃었다. 나는 장차 동구반점 주인이 될 몸이니까, 괜찮아. 그렇게 스스로를 위로해 가면서 그 모든 시련을 견뎠다.

예상대로 할아버지는 아빠에게 짜장면의 맛과 이념, 거기다 이 건물까지 물려주고 돌아가셨다. 할아버지의 바람대로 아빠가 동구반점의 2대 주인이 된 것이다. 아빠는 가게 단골손님이었던 엄마를 만나 결혼했다. 아빠의 짜장면 솜씨에 반했던 엄마가 아빠에게 먼저 데이트를 신청했다고 한다. 엄마는 신혼여행을 다녀온 다음 날부터 가게에 출근해서 아빠와 함께 위대한 가업을 이어 갔다. 그로부터 열 달 뒤에 내가 태어났고, 그렇게 또 15년이 흘러갔다.

내 운명은 이미 엄마 배 속에 있을 때부터 정해져 있었다. 아니 어쩌면 아빠가 엄마를 만나기 전부터, 아니 어쩌면 할아버지가 1·4 후퇴 때 허름한 중국집 조수로 들어간 그날부터, 아니 어쩌면 우리나라 최초의 중국집인 '공화춘'이 인천에 처음 문을 열고 짜장면이라는 이름의 음식을 팔기 시작한 때부터, 아니 어쩌면 중국의 어느 한 지방에서 볶은 면장에 면을 찍어 먹던 '작장면'이라는 요리가 생긴 때부터, 아니 어쩌면 세계 4대 문명의 하나인 중국의 황허 문명이 시작된 그때부터, 아니 어쩌면 45억 년 전 지구가 처음 가스와 먼지의 충돌로 만들어지던 때부터, 아니 어쩌면 그 전의 전의 전이었던 아무것도 없던 때부터, 내가 동구반점의 주인이 되리라는 운명은 이미 정해져 있었는지도 모르겠다. 어떻게 해도 빠져나갈 수가 없는, 이 빌어먹을 운명.

엄마가 주방에 대고 강력한 잔소리 펀치를 날리기 시작했다.

"어째 이 집구석에 가게 걱정하는 인간이 나밖에 없어. 재룟값은 만날 천정부지로 뛰는데 매상은 줄어들기만 하고, 돈 들어가는 데는 쌔고 쌨는데 남자라고 있는 것들은 하나같이 무능하거나 사고만 치고 다니고. 나 혼자 이렇게 살아 보겠다고 아등바등 악을 쓰는 것도 하루 이틀이지, 허구한 날 이 모양이니 당장 올여름은 어떻게 넘길지 모르겠네. 아이고, 내 팔자야."

외삼촌 덕분에 우리 집 남자들이 도매급으로 넘어갔다. 아빠와 외삼촌은 묵묵히 엄마의 따다다다를 듣고 있었지만, 나는 나름대로 엄마의 잔소리를 피하는 방법이 있다. 엄마의 잔소리를 멜로디로 생각하면 된다. 그 멜로디에 가사를 붙여서 나도 모르게 흥얼거렸다.

"벌레벌레벌레벌레. 바퀴벌레, 쥐며느리, 공벌레, 노래기, 무당벌레, 폭탄먼지벌레, 참넓적사슴벌레, 개똥벌레, 큰빗이끼벌레, 벌레벌레벌레벌레벌레벌레."

아, 불러 보니 이 노래 입에 착착 감기면서 묘한 중독성이 있네.

"야, 배진익."

초강력파에 깜짝 놀라서 짜장면을 먹다 젓가락을 떨어트렸다. 젓가락과 짜장면 가락이 가랑이 사이로 떨어지면서, 내 중요 부위에 검은 소스가 묻고 말았다.

엄마가 나를 잡아먹을 듯이 노려봤다.

"과외 안 가고 뭐하는 거야? 고액 과외 보내 줬으면 성적이 올라야지! 성적 올려 주는 족집게 과외래서 비싼 돈 들여서 보내 줬더니, 과외 가서 뭐하기에 성적이 만날 그 모양 그 꼴이냐고."

나는 한 짝만 남은 젓가락을 거칠게 집어 던지고, 마찬가지로 거칠게 가방을 집어 들었다.

"아이 씨, 가면 되잖아."

"뭐? 씨? 너 지금 뭐라고 했어? 아이 씨?"

엄마의 따다다다를 피해 잽싸게 가게 문을 열고 나왔다.

내가 태어나기도 한참 전에 GOD라는 아이돌 그룹이 '어머님은 짜장면이 싫다고 하셨어.'라고 노래를 했다지만, 나는 짜장면이 정말 싫다. 엄마도 싫다. 짜장면을 좋아하는 엄마는 더더욱 싫다. 짜장면을 만들어 낸 지구도 싫고, 다 싫다. 정말 싫다.

김요정이라고 하는 끔찍한 생물체

"너, 그거 뭐냐?"

"……?"

"거기 묻은 그거."

김요정이 내 사타구니를 빤히 내려다보았다. 나는 벌렸던 다리를 오므렸다. 민망하게도 검은 얼룩이 묻은 내 중요 부위가 불룩 솟아올라 있었다.

"자위했냐?"

"뭐?"

김요정은 여자가 아니다. 아니, 인간도 아니다. 뭐라고 특정할 수 없는 끔찍한 생물체.

"하긴, 정액이 그렇게 꺼먼색은 아니지. 아, 짜장면 소스 묻었구나?

너도 참 그렇다. 칠칠치 못하게 짜장면집 아들내미 티를 내고 다녀요."

내가 세상에서 엄마 다음으로 싫어하는 여자가 있다면 바로 김요정이다. 왜 내 주변 여자들은 다들 이렇게 억세고 뻔뻔하고 부끄러움을 모르는 끔찍한 생물체들인지 모르겠다.

공책 한 장을 북 찢어 내 중요 부위를 가렸다. 신경이 쓰여 다리를 배배 꼬다 보니 종이가 자꾸 떨어졌다. 그때마다 김요정이 키득거렸다.

김요정은 우리 동네 '레인보우잡화점' 집 딸이다. 레인보우잡화점에서는 주로 여자들 옷과 신발, 가방, 액세서리를 판다. 새하얀 차양을 내건 외관에 앤티크 가구와 연한 녹색의 화초들로 장식된 가게는 구질구질한 이 동네 분위기와는 어울리지 않게 산뜻하고 고급스럽다.

레인보우잡화점 주인 마 사장(사람들은 김요정 엄마를 마 사장이라고 불렀다.)이 김이 모락모락 올라오는 시루떡을 들고 우리 가게에 처음 왔을 때, 가게에 있던 아빠와 외삼촌과 나는 깜짝 놀랐다. 어마어마한 미인이었기 때문이다. 그런 예쁜 여자는 텔레비전에나 나오는 줄 알았다. 엄마는 질투와 질시와 경계심이 뒤섞인 묘한 표정으로 마 사장이 내민 떡을 받았다. 마 사장이 돌아간 뒤 엄마는 시루떡을 탁자 위에 던지듯 놓으며 비웃는 얼굴로 중얼거렸다.

"흥, 이 동네에서 잡화점이라니. 어디 몇 달이나 가나 보자."

마 사장을 보다가 봐서 그런지, 우리 엄마가 유난히 촌스러워 보였다. 어디가 허리이고 어디가 가슴인지 모를 드럼통 몸매에 유니폼이 되다시피 한 목 늘어진 티셔츠, 호피 무늬 일바지에 싸구려 플라스틱

슬리퍼를 신고 입만 열면 따다다다. 엄마도 눈이 있으니 마 사장과 본인의 외모가 비교조차 되지 않는다는 걸 알 거다.

그런 엄마에게도 마 사장보다 우위인 게 있었다. 엄마와 같은 처지인 동네 아줌마들과의 공감대가 바로 그것이다. 엄마는 시기와 질투에 눈이 멀어 하루가 멀다 하고 동네 아줌마들하고 마 사장 뒷담화를 해 댔다. '그 여편네 세 번이나 이혼하고 챙긴 위자료만 집 서너 채 값이래. 식당, 술집, 찻집, 뭐 하는 것마다 다 망하고 여기로 기어 들어왔대나 봐. 씨 다른 자식만 넷인데 다 남편한테 주고 누구 씨인지도 모르는 딸 하나를 데리고 왔대지, 아마. 이 동네 남자들 다 후리고 다니는 거 아냐? 다들 남편 간수 잘해.' 대충 그렇게 저급한 내용들이다.

그 뒷담화 속에 나오는 '누구 씨인지도 모르는 딸 하나'가 바로 김요정이고, 하필이면 나랑 같은 반이다. 자기 엄마를 닮았으면 어마어마한 미인이 되었을 텐데, 김요정은 엄마를 전혀 닮지 않았다. 이것도 유전자의 신비라면 신비겠지. 대신 신체 발육 상태가 엄청났다. 도저히 중2라고는 믿기지 않는 큰 키에 D컵까지는 아니더라도 C컵 정도는 되어 보이는 풍만한 가슴, 길고 쭉 뻗은 날씬한 다리, 어깨까지 출렁이는 긴 머리카락을 가진 글래머였던 것이다.

김요정이 처음 교실 문을 열고 우리 반에 들어왔을 때, 남자아이들 입에서는 자동으로 "우아!" 하는 감탄사가 튀어나왔다. 첫날부터 김요정에게는 '글래머 여신'이라는 별명이 붙었다.

신은 공평한지 김요정에게 풍만한 가슴은 붙여 줬지만, 자기 엄마를 닮은 눈 코 입은 붙여 주지 않았고, 늘씬한 몸매는 줬지만 두뇌는 주지 않았다.

그토록 마 사장 흉을 봤으면서도 엄마는 두 명이 하면 과외비가 절반으로 줄어든다는 이유로 김요정과 나를 같은 공부방에 집어넣었다. 그 후로 나는 이 끔찍한 생물체에게 무진장 시달리게 된 거다.

"야, 진드기. 너 철가방 잘 두드리냐?"

김요정은 나를 진드기라고 부른다. 어엿한 내 이름 진익을 진드기로 부르는 건 김요정밖에 없다. 내 이름은 할아버지가 지어 주셨다. 깊이 들여다보면 인간에게 득이 되면 됐지 진드기처럼 해가 되는 이름은 아니다. 참 진(眞) 더할 익(益). 그러니까 참된 것을 더하고 더해라, 뭐 그런 뜻인데 김요정 덕분에 인간에게 이롭기는커녕 해로운 존재가 된 것이다. 처음 그 별명을 들었을 때는 김요정을 죽이고 싶을 정도로 화가 났는데 이젠 아무렇지도 않다.

"그러는 넌, 춤은 좀 추냐?"

김요정은 대답 대신 춤을 출 기세로 벌떡 일어났다가 과외 샘이 방으로 들어오자 재빨리 자리에 앉았다. 과외 샘은 나이가 육십 가까이 되는 할아버지다. 명문대 물리학과를 우수한 성적으로 졸업한 수재라는데 그 말을 도저히 믿을 수가 없다. 지금은 불법으로 집에 공부방을 차려 놓고 애들 코 묻은 돈이나 뽑아 먹는 늙은 너구리일 뿐이다.

나한테 수학은 쥐약이다. 2학년에 올라오면서 수학이 너무 어려워졌다. 엄마는 한 달에 '짜장면 칠십 그릇'에 해당하는 고액을 지불해

가면서 나를 이 과외 샘에게 보내지만, 내가 과연 짜장면 칠십 그릇에 해당하는 만큼 배워 갈까, 하는 문제를 생각해 보면 답이 없다.

과외 샘은 자리에 앉자마자 문제집을 풀라고 했다. 수학 문제를 보면 이상하게 잠이 온다. 문제를 풀다 말고 꾸벅꾸벅 졸고 있는데 갑자기 머리 위로 뭔가가 날아왔다. 과외 샘이 던진 볼펜이었다.

"넌 영혼을 안드로메다로 출장 보냈느냐?"

20세기에 살던 우리 조상들은 저런 걸 농담이라고 했다는데, 저걸 웃으라고 하는 소리일까? 정말이지 20세기 사람들은 상대할 게 못 된다.

나에게 사람을 판단하는 기준은 딱 한 가지다. 20세기에 태어났느냐, 21세기에 태어났느냐. 20세기에 태어난 사람들하고는 되도록이면 상대하지 않는 게 좋다. 유머 감각도 시대에 뒤떨어지고, 돈이 많아야 행복하다고 믿는 속물에다, 결정적으로 어른이니까. 15년 동안 살면서 20세기에 태어난 사람과 조화롭게 지내 본 역사가 단 한 번도 없었으니 제법 신뢰할 만한 기준이 아닌가. 과외 샘만 해도 그렇다. 다짜고짜 볼펜부터 날리는 것만 봐도 얼마나 권위적인지 알 수 있다.

맞은편에 앉아 있던 김요정이 고소해 죽겠다는 얼굴로 키득거렸다. 남의 불행을 자신의 행복으로 여기는 전형적인 악녀 스타일이다.

과외 샘이 또 잔소리를 시작했다.

"요즘 왜 그렇게 집중을 못 하느냐? 네 엄마한테 전화 한번 해야 정신 차리겠느냐? 널 공부시키기 위해서 네 부모님이 얼마나 피땀 흘리며 고생하시는데, 그걸 생각하면 하나라도 악착같이 더 배워 갈 생각은 안 하고 만날 딴짓만 하니 어쩌면 좋으냐. 요정이 좀 봐라. 너랑 같이 과외 시작했는데 요정이는 지난 시험에서 20점이나 올랐다. 넌 지난번에 오르기는커녕 내려갔지? 이래서야 어디 널 가르칠 기운이 나겠느냐? 이번 중간고사에서 점수 안 오르면 과외 끊는다고 네 어머니가 벼르고 계시던데."

내 성적이 안 오르는 것보다 자기 과외 학생 한 명 끊어지는 게 겁나는 거겠지. 어른들은 정말 이상하다. 한번 시작하면 구석기 시대의 유물까지 다 끄집어내서 한 말 또 하고 한 말 또 하고 또 한 말을 또 한다. 저 말도 벌써 백만 번 넘게 들었다. 그 말을 듣는 상대의 입장을 한 번이라도 생각해 본다면, 적어도 한 말을 또 하지는 않을 거다. 말하는 사람은 아닐지 몰라도 듣는 사람은 정말 지긋지긋하니까.

더구나 엄마한테 이른다는 고전적인 협박이라니. 초딩 때는 '엄마한테 알린다.'가 가장 큰 협박이었지만 지금은 아니다. '수업 끝나고 남아라.'가 가장 무서운 협박이다. 하지만 그런 협박은 한 번도 들어본 적이 없다. 과외 샘은 수업이 언제 끝나나 시계를 수십 번도 더 들여다보는 사람이니까.

입에 연필을 물고 비웃음을 실실 흘리고 있던 김요정이 불쑥 끼어들었다.

"진드기가 중2병에 걸려서 그래요."

과외 샘이 안경 너머로 눈을 동그랗게 떴다.

"중이병? 그런 병도 있느냐? 혹시 중이염 아니냐?"

김요정이 죽는다고 웃어 댔다.

"아하하하. 중이염이래. 쌤, 중이염이 아니라 중2병요. 중2병 몰라요?"

"몰라."

"반은 인간, 반은 동물. 즉 반인반수를 지칭하는 말로 한번 걸리면 세상에서 자신이 제일 불행하고 고독하며 세상을 등진 존재라고 여기는 증상이 나타난다는 중2병도 몰라요? 중2병은 약도 없대요. 하하하."

과외 샘이 웃으며 말했다.

"한마디로 질풍노도의 시기라는 거로구나."

과외 샘과 김요정이 한통속이 돼서 계속 웃어 댔다.

중2병이라니, 자기도 중2면서 지금 웃음이 나오나? 저건 셀프 디스인가? 과외 샘은 20세기 사람이니까 21세기 사람을 이해하기가 쉽지 않을 수도 있다. 하지만 나랑 같은 21세기 사람인 김요정은 저러면 안 된다. 설마 몸이 성숙하다고 해서 영혼도 어른이라고 착각하는 건 아니겠지?

점수 올리는 문제도 그렇다. 김요정의 수학 점수는 40점대고, 나는 70점대다. 40점대에서 20점 올리는 건 엄청 쉽다. 하지만 70점대에서 10점을 올리는 게 얼마나 힘든지 과외 샘도 빤히 알 텐데, 말끝마다 김요정과 나를 비교한다. 정확히 말하면 김요정과 나는 비교 대상이 될 수가 없는데 말이다.

"닥쳐!"

라고 소리치……려다가 참았다. 과외 샘이 상황을 정리했다.

"자, 이제 조용히 하고 30분 동안 두 페이지 풀어라."

과외 샘이 다른 방으로 갔다. 같은 시간에 두세 탕을 뛰기 때문이다. 이 집에는 지금 방마다 우리 같은 애들이 문제를 풀고 있다. 엄마에게 이르는 걸 두려워해야 할 사람은 내가 아니라 과외 샘이다.

분에 못 이겨 힘을 주자 샤프심이 뚝, 부러졌다. 분노의 펌프질로 샤프심을 길게 빼냈다. 문제를 푸는 동안, 김요정을 철저히 무시해 주었다. 대신 이를 악물었다. 두고 보자, 이 원수는 꼭 갚는다.

김요정도 조용해졌다. 방에는 사사사삭, 김요정이 연필 굴리는 소리만 가득 찼다. 사사사삭, 샤샤샤샤샥. 빈 수레가 요란하다더니 공부도 못하는 게 연필 굴러가는 소리는 엄청 요란하다. 아무리 과외비가 절반으로 줄어든다지만 엄마가 나하고 김요정을 묶어 준 건, 치명적인 잘못이다. 김요정 때문에 도무지 공부에 집중할 수가 없다. 김요정은 틈만 나면, 아니 틈을 만들어서라도 이상한 질문들을 해 댄다.

"너, 자위 몇 학년 때부터 해 봤어?"

"지금까지 본 야동 중에서 뭐가 제일 화끈했니?"

"너, 겨털 언제부터 나기 시작했는데?"

"너도 나같이 예쁜 여자를 보면 배꼽 아래가 찌릿찌릿하니?"

"남자들은 몽정을 하면 어떤 기분이야?"

그런 질문을 받을 때마다, 나는 얼굴이 화끈거려서 미칠 지경이다.

과외 샘이 나가자 또 시작이다.

"어머나, 너 지금 입은 그 옷 아동복 메이커네? 난 초딩 때부터 맞는 옷이 없어서 어른 옷 입었는데."

이럴 때는 벌레송이 제일이다. 벌레벌레벌레벌레, 바퀴벌레, 쥐며느리, 공벌레, 노래기. 불러 보니 이 노래가 좋아지려고 한다. 기이한 현상이다.

내가 자기 말을 무시하자 김요정은 책상에 엎드렸다. 그리고 1분도 안 돼 코 고는 소리가 들렸다. 입을 헤벌리고 침을 질질 흘리며 자고 있는 꼴이라니. 얼굴이 보기 싫어 고개를 돌린다는 게 하필이면 김요정의 가슴이었다.

가슴이 아니라 차라리 봉우리라고 하는 게 맞겠다. 그 봉우리 가운데 골이 깊게 파여 있었다. 그 골로 물이 떨어지면 폭포가 될 것 같다. 조금만 더, 조금만 더. 나도 모르게 고개를 쭉 빼고 들여다봤다. 침이 꼴깍 넘어갔다. 그렇다고 내가 김요정의 가슴을 보며 욕정을 느낀 건 맹세코 아니다. 인터넷에서 몸매가 쭉쭉 뻗고 가슴이 빵빵한 여자들 사진을 봐도 아무런 감정도 느껴지지 않는다. 나는 솔직히 여자들의 육체에는 전혀 관심이 없다. 그런데도, 자꾸 입안에 침이 고였고 손에는 땀이 찼다. 와, 커도 너무 크다. 인터넷에서 봤던 서양 여자들의 가슴과 맞먹을 정도로. 아니 그것과 견주어도 거의 손색이 없을 만큼.

1초만 더 보고 고개를 돌리려고 했는데, 갑자기 김요정이 눈을 번

찍 떴다. 그 상태로 1초쯤? 아니 0.5초쯤 정적이 흘렀다. 시간이 멈춘 것 같았다. 김요정이 자기 가슴을 두 손으로 가리더니 느닷없이 욕설을 퍼붓기 시작했다.

"이 색골, 변태, 저질, 짐승, 악마 새끼."

"아, 아니, 나, 난 그, 그런 게 아니라."

"아니긴 뭐가 아냐? 너 지금 내 가슴 훔쳐본 거 맞잖아. 이 저질 변태야."

과외 샘이 들어오지 않았으면 나는 김요정에게 맞아 사망했을지도 모른다. 김요정은 이글이글 타는 눈빛으로 수업 내내 나를 노려보았다.

어떻게 남은 시간을 때웠는지 모르겠다. 정신없이 과외를 마치고 공부방을 빠져나오는데 김요정이 뒤에서 따라왔다. 나는 도망치듯 빠르게 걸었다. 김요정이 성큼성큼 따라왔다. 아무리 빨리 걸어도 내 짧은 다리로 김요정의 긴 다리를 이길 수는 없다. 나의 두세 걸음은 김요정의 한 걸음과 보폭이 같았다. 이럴 때는 정말 다리 짧은 게 한이다.

"맞지? 내 가슴 훔쳐본 거 맞잖아."

대꾸할 가치도 없어 아무 대답도 하지 않고 뛰었다. 그러자 김요정도 따라 뛰었다. 정말 끈질기다. 설사 훔쳐봤다고 치자. 그래서 뭐 어쩌자는 거야?

멀리 동구반점 간판이 보였다. 우리 집 간판이 이렇게 반가웠던 적이 없었다. 나는 홱 돌아서서 오른손 검지로 김요정의 양미간을 가리키며 당당하면서도 단호한 목소리로 외쳤다.

"야, 너!"

김요정이 눈을 동그랗게 떴다.

나는 최대한 잔악무도해 보이도록 얼굴 근육에 혼신의 힘을 실어 말했다.

"나 따라오지 마."

그러고는, 전속력으로 달렸다.

헉헉, 나는 왜 태어났을까, 헉헉, 이렇게 모질고 잔인한 세상에, 헉헉, 사방이 적이다, 헉헉, 내 편은 아무도 없다, 헉헉, 인간은 원래 고독하다지만, 헉헉, 이건 아니지 않나? 헉헉, 어떻게 이렇게 완벽하게 혼자일 수가 있는 거지? 헉헉, 헉헉, 내가 그렇게 우습나? 헉헉, 내가 뭘 그리 잘못했다고, 헉헉, 왜 다들 나를 무시할까, 헉헉, 짜장면이 싫다, 헉헉, 동구반점 주인이 되느니 차라리 은행 강도가 되는 게 낫겠다, 헉헉, 엄마도 싫다, 헉헉, 아빠도 싫은가? 헉헉, 외삼촌은? 헉헉, 모르겠다, 헉헉, 김요정? 헉헉, 생각만 해도 끔찍하다, 헉헉, 나한테 색골 변태라고? 말도 안 돼, 헉헉, 헉헉, 나는 어떻게 될까? 헉헉, 나는 뭐가 될까? 헉헉, 이 지구에 붙어 있는 한, 헉헉, 나는 어떤 그 무엇도 안 된다, 헉헉, 현재는 미래도 없는 깜깜한 동굴이다, 헉헉, 앞이 안 보여, 헉헉, 답답해, 헉헉. 헉, 헉, 헉, 헉, 헉, 하악, 하악.

가게 앞까지 전속력으로 뛰어왔더니 숨이 끊어질 것 같았다. 가게 문은 닫혀 있고 일층과 이층 사이, 좁은 공간에 나무로 만든 간판이 붙어 있었다.

'동그반점.'

오래된 나무판자에 페인트로 적은 글씨는 나뭇결을 따라 쭉쭉 갈라지고 빛이 바랬는데 '구' 자에서 작대기 하나가 지워져 있었다. 내 암울한 미래를 보는 것 같았다. 젠장.

음란 마귀들

집보다는 차라리 학교가 더 낫다. 그렇다고 내가 학교를 좋아하는 건 아니다. 학교도 집만큼이나 싫지만, 그래도 가끔씩 쇼킹한 사건이 일어나서 나름 재미있을 때도 있다. 오늘의 쇼킹 사건은 영어 시간에 일어났다.

요즘 우리 반에는 한창 짝짓기 열풍이 불고 있다. 짝짓기란 동물이나 곤충만 하는 것이 아니다. 아담과 하와가 에덴동산에서 첫 짝짓기를 한 이후, 인간의 역사는 '짝짓기'의 역사라고 해도 무방할 만큼 쉬지 않고 짝짓기를 해 왔다.

2학년에 올라오자 우리 교실에는 수많은 짝짓기와 짝찢어지기가 발생했다. A와 B가 만났다가 B가 C를 만나고, A가 D와 만나는가 싶으면 다시 C와 D가 만났다가, A와 B가 재결합을 하고 그사이에 느닷없이 E가 나타나 삼각관계가 되는가 싶더니 불쑥 F가 나타나 사각관계가 되기도 한다. 이쯤 되면 먹이 사슬이 아니라 연애 사슬이다.

영어 선생님은 정년퇴직을 몇 년 앞둔 늙다리다. 아이들이 공부를 하거나 말거나 수업 시간에 대충 시간만 때우다 나간다. 단, 떠드는 것을 병적으로 싫어해서 영어 시간은 다른 시간보다 말할 수 없이 고요하다.

영어 선생님이 교과서를 읽다 말고 아이들에게 질문했다.

"자, 여기서 처음 나온 단어 중 쉐이크 핸즈라는 단어가 있다. 뜻 아는 사람?"

우리 반에서 적어도 다섯 명쯤은 해외로 영어 캠프를 다녀왔고, 못해도 열 명쯤은 이미 영어 원서를 읽을 만큼 실력이 출중한데도 손을 드는 애들이 없었다. 가만, 쉐이크는 '흔들다'이고 핸즈는 '손'이니까 손을 흔들다, 손을 흔들면 수전증인가? 아니면 혹시 딸…….

"딸딸이요."

뒤에서 우렁찬 소리가 들려왔다. 영어 샘과 반 아이들의 눈이 일제히 소리 나는 쪽으로 향했다. 별명이 대근이인 박태근이 엄청나게 대단한 일을 해냈다는 듯이 뿌듯한 미소를 짓고 있었다. 박태근이 대근이라는 별명을 갖게 된 건 알 만한 애들은 다 아는 박태근의 거시기 크기 때문이다. 화장실에서 함께 소변을 볼 때마다 적어도 우리보다 두 배나 더 큰 박태근의 거시기 크기에 기가 팍 죽곤 한다.

잠시 동안 고요했던 교실이 순식간에 웃음소리로 뒤집어졌다.

"조용, 조용."

영어 선생님이 소리를 지르자 아이들이 일시에 조용해졌다. 박태근이 양손으로 브이 자를 만들어 흔들었다. 조용하던 아이들이 또 키득거렸다.

영어 선생님은 그런 대답은 상대할 가치조차 없다는 듯 진지한 표정으로 말했다.

"쉐이크 핸즈는 악수라는 뜻이다."

교실은 다시 조용해졌다. 영어 샘은 졸기에 딱 알맞은 농도의 목소리로 영문을 읽기 시작했다.

"쪽."

분명히 그 소리를 들었다. 어디에선가 많이 들어 본 소리. 그래, 밤마다 숨을 죽이며 지켜보던 야동에서나 듣던 소리다. 야동을 너무 많이 봐서 헛소리가 들리는 건가? 영어 선생님은 계속 알아듣지도 못할 영어 문장을 읽어 댔다.

잠시 후, 또 그 소리가 났다.

"쪽."

이번에는 분명히 들었다. 소리의 근원지는 멀리서 찾을 것도 없이 바로 내 앞이었다.

내 앞자리에는 우리 반 공식 커플 김형재와 박지혜가 앉아 있다. 그 둘의 애정 행각은 이미 도를 넘어섰다. 우리는 그 둘을 '아메바 커플'이라고 부른다. 붙어 다니는 정도가 아니라 아예 붙어 있다. 교실에서든 복도에서든 두 사람은 서로 물고 빨고 정신이 없다. 이제 대담하게도 수업 시간에 책으로 앞을 가리고 둘이 뽀뽀질을 해 대고 있는 것이다. 아직 눈치를 못 챈 영어 선생님이 교과서를 계속 읽는 동안, 아메바 커플을 훔쳐보는 뜨거운 눈들이 점점 많아지고 있었다. 구경꾼들의 눈은 먹이를 앞에 둔 하이에나들처럼 강렬하게 번뜩였다. 아메바 커플은 하이에나들에게 내 한 몸 바치겠다는 각오로 더욱 열렬히 서로의 입술을 빨아 댔다.

가슴이 벌렁벌렁했다. 입안에 침이 마르고 발가락 끝이 빳빳해졌다. 온몸의 근육들이 육포가 된 것처럼 팽팽 조여지는 느낌이 들었다. 나도 모르게 창가 쪽에 앉아 있는 김요정에게로 눈이 갔다.

김요정의 거대한 가슴만 보였다. 날숨을 내쉴 때 들어가고 들숨을 쉴 때 한껏 부풀어 오르는 그 거대한 가슴. 가슴이 살아 있다. 마치 거대한 생명체처럼 숨을 쉬고 있는 것이다. 아, 빈혈도 아닌데 눈앞이 어질어질하다.

그날 이후 이상하게 자꾸 김요정 가슴이 생각났다. 머리를 쥐어뜯으며 잊으려고 했지만 그럴수록 그 봉우리는 더 높아졌고 그 계곡은 더 깊어졌다. 수도 없이 보았던 엄마 가슴을 볼 때와는 느낌이 전혀 달랐다. 똑같은 여자의 가슴인데 왜 한쪽은 무덤덤하고, 한쪽은 이렇게 설레일까?

아무래도 나는 그날 이후 김요정 가슴에 중독된 것 같다. 가슴가슴가슴가슴가슴가슴가슴가슴슴가슴가슴가슴가슴가. 나도 모르게 속으로 벌레송을 가슴송으로 개사해서 부르고 있었다. 아, 안 돼. 머리를 흔들었다. 그때 영어 선생님과 눈이 마주쳤다. 재빨리 고개를 숙였지만 이미 때는 늦었다.

"어이, 거기."

영어 선생님이 손가락으로 나를 가리켰다. 가슴이 철렁 내려앉았다. 내 노래를 들은 걸까? 어디까지 들은 거지? 노래를 시키면 어떡하지?

"거기 두 사람, 지금 뭐하고 있나?"

앗, 내가 아니잖아. 천만다행이다. 그건 그렇고 아메바 커플이 걸렸다. 너희, 이제 큰일 났다.

영어 선생님은 천천히 아메바 커플 쪽으로 걸어왔다. 아메바 커플은 시침을 뚝 떼고 정면을 바라보고 있었다. 늘 합체되어 있는 모습만 봐서 그런지 오랜만에 분리된 걸 보니 무지 낯설었다.

"너희, 방금 뭐했나?"

김형재가 대답했다.

"아무것도 안 했는데요?"

영어 선생님이 이번에는 박지혜에게 물었다.

"내 정수리에 눈 달린 거 몰랐나?"

숨을 죽이고 있던 아이들이 여기저기서 키득거렸다. 선생질 45년이면 정수리에도 눈이 달리나 보다.

영어 선생님은 더는 할 말이 없다는 듯, 체념한 얼굴로 말했다.

"너희 둘, 수업 끝나고 교무실로 와라."

영어 선생님은 다시 교탁으로 돌아가며 고개를 절레절레 흔들었다.

나는 영어 수업이 끝나자마자 화장실로 달려가 어느 때보다 시원하게 배설을 했다.

철가방을 훔쳤다

드디어 철가방을 훔쳤다.

우리 가게에는 배달용 철가방이 모두 네 개가 있다. 그중에서 두 개는 외삼촌이 들고 다니며 배달을 하고, 나머지 두 개는 예비용으로 홀 한쪽에 놓여 있다. 엄마 몰래 안 쓰는 철가방 중 하나를 지하실에 숨겨 놓았다가 다음 날 아침 학교에 갈 때 가지고 나갔다.

여섯 명의 '우주로탈출프로젝트' 멤버들은 각자의 악기를 들고 아지트로 모였다. 그동안 엄마의 허락을 얻지 못했던 정다소도 성적을 올리겠다는 약속을 하고 허락을 받았다고 했다. 홍래는 진짜 젬베를, 금동이는 기타를, 나는 철가방을, 그리고 리드 보컬인 동기는 조롱박처럼 생긴 이상한 악기를 들고 왔다. 페루에 여행 갔던 이모가 사다 준 전통 악기라는데 흔들어 대면 모래 쏠리는 소리가 났다.

처음으로 합주라는 걸 했다. 동기가 조롱박을 흔들며 노래를 불렀다. 금동이가 간단한 코드로 기타를 쳤고, 나하고 홍래는 되는 대로 철가방과 젬베를 두드렸다. 음악이라고 하기보다는 소음이라고 하는 편이 더 어울리는 소리에 맞춰, 김요정과 정다소가 춤을 췄다. 여자애들은 긴 팔과 다리를 영혼 없이 움직여 댔다. 오합지졸이 따로 없었다.

"아, 그만, 그만."

한참 조롱박을 흔들며 노래를 하던 동기가 짜증을 내며 연주를 중단시켰다.

"너희도 귀가 있으면 들어 봐라. 이게 음악이냐? 소음이지."

맞는 말이다. 이제라도 인정하자. 우리는 음악을 하기 위해 모인 게 아니라 소음을 내기 위해 모인 거다.

"악기 연주는 손으로 하는 게 아냐. 몸으로 하는 거지. 손은 온몸의 리듬을 표현해 주는 도구일 뿐이야. 결국 리듬은 손끝에서 나오는 게 아니라 온몸에서 나오는 거라고. 자, 이렇게 온몸으로 리듬을 타 봐."

동기는 뼛속까지 음악인답게 온몸에 리듬을 실어 노래를 부르며 조롱박을 흔들었다.

"벌레벌레벌레벌레버얼레버얼레벌벌벌레레레버어어어얼레벌레벌레벌레."

확실히 여럿이서 했을 때보다 듣기가 훨씬 편했다.

"그리고 너희 무희들."

이번에는 김요정과 정다소에게 화살이 돌아갔다. 동기는 '무희들'

에게도 똑같은 주문을 했다.

"춤은 몸으로 추는 게 아냐. 영혼으로 추는 거지. 너희 춤에는 거 뭐랄까, 필이 없어요. 일단 음악과 한 몸이 됐다고 생각해 봐. 자, 이렇게 온몸으로 리듬을 타 보라고."

그러면서 동기는 눈을 희멀겋게 뒤집은 채 팔다리를 문어처럼 흐느적거렸다. 도저히 춤이라고는 봐 줄 수 없는 괴상한 몸부림이었다.

무희들은 팔짱을 끼고 아니꼽다는 표정으로 동기를 쳐다봤다.

"자, 이제 다시 연습해 보자."

동기가 조롱박을 집어 들었다.

우리는 계속 소음을 연습했다. 무희들은 따로 구석으로 가서 자기들끼리 안무를 짰다. 소음도 계속 들으니까, 이상하게 음악처럼 들렸다. 벌써 세뇌됐나?

두 시간 정도 연습을 하고 헤어지려는데, 동기가 조만간 좋은 소식이 있을 거라고 말했다. 아직 확정은 안 됐지만 우리가 공연할 수 있는 무대를 섭외 중이라면서, 무대에 서는 그날을 대비해 무조건 연습, 또 연습을 해야 한다고 강조했다.

무대에 선다니, 말도 안 돼. 아이들은 어이없다는 표정을 지었다.

"너희, 나 못 믿냐? 나 동기야, 홍동기. 내가 한다면 하는 거야. 너흰 무조건 날 믿고 열라 연습만 하면 되는 거야."

'내가 널 어떻게 믿냐?'라고 말하려는데, 아이들은 마치 카리스마 있는 오케스트라 지휘자를 바라보는 악단 단원들처럼 존경을 담은 얼굴로 동기를 바라보았다.

확실히 동기는 추진력과 리더십이 있다. 일진에게 삥이나 뜯기던 겁쟁이 동기가 2학년에 올라와서는 아이들 사이에서 중심이 됐다. 동기 주변에는 언제나 아이들이 바글거렸고, 동기는 자기가 원하는 쪽으로 아이들을 이끌었다. 이렇게 오합지졸을 긁어모아 밴드를 만든 것도 그렇다. 하지만 이 형편없는 멤버들을 데리고 무대에서 공연을 한다는 건 말도 안 된다.

"우리 파이팅 한번 하자."

홍래가 내 얼굴만큼이나 큰 손을 내밀자 아이들이 그 위에 차례로 손을 포갰다. 하필이면 김요정 손이 맨 위다. 어쩌지? 눈치만 보고 있는데 동기가 내 손을 끌어다 김요정 손 위에 포개 놓았다.

"'우주로탈출프로젝트' 파이팅!"

한목소리로 그렇게 외쳤다.

연습이 끝나고 집으로 가고 있는데, 뒤에서 김요정이 달려왔다.

"진드기, 같이 가자."

김요정은 자기가 진드기면서 왜 자꾸 나한테 진드기라고 하는지 모르겠다.

"싫거든."

아, 진짜 싫다는 말이 자동으로 튀어나온다. 집이 같은 방향이라서 김요정은 학교 끝나고 집에 갈 때마다 같이 가자고 그랬다. 그때마다 거절했는데 자존심도 없는지 오늘도 또 따라붙었다.

"에이, 그러지 말고 같이 가. 혼자 가면 심심하잖아."

"싫다고."

"너무하는 거 아냐? 내가 누구 때문에 여기 들어왔는데."

김요정은 입술을 삐쭉 내밀었다. 설마, 그게 나 때문이라고?

"무슨 말이냐, 그게?"

"관두자. 차라리 벽을 보고 얘기하지, 내가."

그때 황금동이 김요정 옆으로 걸어왔다. 황금동은 우리 둘을 보더니 잠시 머뭇거리다가 김요정에게 말했다.

"같이 가자. 내가 집까지 바래다줄게."

"아오, 정말? 고마워, 금동아. 역시 넌 진짜 사나이야."

진짜 사나이 좋아하시네. 좀생이같이 생겨 가지고, 기타도 폼으로 갖고 다니는 주제에. 솔직히 황금동의 기타 실력은 내가 철가방 두드리는 실력과 비슷하다.

김요정은 황금동과 함께 보란 듯이 내 앞으로 걸어갔다. 기분이 확 나빠졌다. 나는 두 사람을 지나쳐 전속력으로 달렸다.

외삼촌이 사는 차원

엄마와 외삼촌이 대판 싸웠다. 돈 때문이다. 월급날이 되자 엄마는 외삼촌한테 달랑 3만 원이 들어 있는 월급봉투를 내밀었다. 돈을 꺼내서 본 외삼촌 얼굴이 확 일그러졌다.

"지금 장난해?"

엄마는 기다렸다는 듯이 수첩을 꺼내 줄줄 읊기 시작했다.

"6월 1일 탕수육 하나, 짜장면 두 개 배달 사고 나서 돈 못 받아 온 것 2만 8천 원, 6월 8일 오토바이 몰고 배달 갔다가 열쇠 수리점 유리창 들이받아 유리값 물어 준 거 15만 원, 6월 12일 가불 5만 원, 6월 13일 밤에 오토바이 타고 나갔다가 가로수 들이받아 들어간 오토바이 수리비 30만 원, 6월 20일 밤 공터에서 고딩들하고 싸우다 코뼈 부러트려 물어 준 치료비 20만 원. 그 밖에 우리 가게에서 컵 깨 먹은 거, 고량주 몇 병 훔쳐 먹은 거, 철가방 하나 잃어버린 건 넣지도 않았는데 합계가 무려 72만 8천 원이야. 월급에서 다 까고 특별히 봐줘서 2천 원 더 보태 3만 원 넣었는데, 뭐 불만 있어?"

외삼촌은 잠자코 듣고 있었다. 뭔가 반론을 제기해야겠는데, 듣고 보니 다 옳은 말이라 아무 말도 못 했다. 그러다가 생각해 보니 열 받는지 화가 난 얼굴로 말했다.

"나 참, 치사하게 그걸 다 적어 놓냐? 그리고 철가방은 뭐야? 내가 안 잃어버렸어."

"그럼 왜 철가방이 하나 비냐?"

"그걸 내가 어떻게 알아?"

"네가 모르면 누가 알아?"

"아니라니까."

"아니긴 뭐가 아냐?"

"배달할 사람 없다고 사정사정하기에 와서 성심성의껏 도와줬더니 이런 헌신짝 취급이나 하려고 날 불렀냐? 정말 더럽고 치사해서 더 이상 못 해 먹겠다. 나 관둘래."

순간 엄마 얼굴에 당황하는 빛이 스쳤지만, 그건 눈 한 번 깜짝할 정도의 찰나에 불과했다.

"오, 그래? 그거 듣던 중 반가운 소리네. 방구석에서 뒹구는 거 밥벌이나 하라고 데려다 옥탑방까지 내주고, 하루 세끼 먹여 주고, 월급까지 꼬박꼬박 줬더니 헌신짝 취급했냐고? 네가 아직 헌신짝 취급이 어떤 건지 당해 보지 않아서 모르는구나? 나가, 당장 나가!"

분위기가 심상치 않다. 이럴 때 외삼촌이 "에이, 왜 그러셔엉?" 하고 콧소리를 내며 지고 들어가면 게임 끝이지만, 이번만큼은 외삼촌도 굳은 결심을 한 듯 표정이 자못 비장했다.

"내 더러워서 이깟 짱깨 배달 안 한다. 에잇!"

그러고는 캬악, 하며 가래침을 모으는 소리를 내더니, 정작 침은 뱉지 않고 입으로만 요란하게 "퉤퉤." 소리를 내고는 가게 문을 열고 나가 버렸다.

엄마는 한 3초 정도 눈을 껌벅이며 외삼촌이 나간 문을 노려보다가, 이내 카운터 서랍에서 종이와 펜을 꺼내 뭔가를 쓰기 시작했다.

배달 구함.

자간 사이로 분노가 느껴지는 글씨체였다. 아무래도 사태가 장기화될 것 같은 예감이 들었다.

외삼촌은 옥탑방에 올라간 뒤, 저녁때까지 꿈쩍도 하지 않았다. 엄마는 여기저기 전화를 걸어 임시 배달 직원을 알아보았다. 하지만 직원 구하는 게 여의치 않자 직접 스쿠터를 타고 배달을 나갔다. 그 바람에 내가 카운터를 지켜야 했다.

철가방을 훔친 건 난데 외삼촌이 누명을 뒤집어썼다. 쌓여 있는 돌무더기에 돌멩이 하나 더 얹은 셈이라 표도 안 나겠지만, 어쨌거나 나로선 외삼촌에게 미안한 일이었다.

배달 갔던 엄마가 돌아왔다. 엄마는 빈 철가방을 탁, 소리가 나게 탁자 위에 올려놓았다.

"진짜 거지 같아서 못 해 먹겠네. 아니, 짜장면 한 그릇 시키면서 뭔 말이 그렇게 많아? 조금 늦게 배달했다고 취소하겠다는 둥, 불었다고 다시 만들어 오라는 둥, 세상인심이 왜 이렇게 사나워졌는지 모르겠어, 정말."

일단 엄마가 따다다다를 시작하면 내 분노 게이지도 급상승한다. 정말 미칠 것 같다. 손톱으로 칠판을 긁는 소리 같다. 이럴 때는 재빨리 피하는 게 상책이다. 안 그랬다가는 또 나한테 어떤 불똥이 튈지 모른다.

"짜장면 둘, 짬뽕 하나, 보람부동산."

아빠가 랩으로 싼 짜장면과 짬뽕 그릇을 음식 투입구로 내밀며 말했다. 엄마의 따다다다는 거기서 멈췄다. 철가방에서 빈 그릇을 꺼내 놓고 다시 짜장면과 짬뽕을 거칠게 밀어 넣었다. 그러게 왜 외삼촌의 심기를 건드려서 이런 고생을 사서 하는지 모르겠다.

저녁 아홉 시가 돼서야 가게 문을 닫았다. 엄마는 거의 녹초가 됐다. 하루의 마지막 일과이자 엄마가 가장 좋아하는 일인 '돈 세기'를 할 기운도 없는지, 금고의 돈도 꺼내 보지 않고 손님이 남기고 간 고량주를 연거푸 입에 털어 넣었다. 술에 취해서 벌게진 얼굴로 단무지를 질겅질겅 씹는 엄마의 표정은 회한과 분노와 좌절과 억울함이 교차된 듯 복잡해 보였다.

“진익아, 잠깐만 이리와 봐.”

아빠가 음식 투입구로 머리를 빼꼼히 내밀고 나를 불렀다. 그러고는 김이 모락모락 나는 볶음밥을 한 접시 내밀었다. 왕새우와 피망과 죽순과 송이버섯을 잔뜩 넣은 특제 볶음밥이었다.

“외삼촌 갖다 줘. 시위를 하든 데모를 하든 뭐 좀 먹고 해야지. 다 먹고 살자고 하는 건데.”

아빠는 홀에서 고량주를 홀짝거리는 엄마 눈치를 살살 보며, 무슨 은밀한 작당 모의라도 하듯이 속삭였다. 엄마는 아빠의 말을 못 들은 척했다.

외삼촌의 서식처는 옥탑방이다. 이층은 우리 식구가, 옥탑방에는 외삼촌이 살고 있다. 볶음밥을 들고 옥탑방으로 올라갔다. 방에는 불이 꺼져 있었다.

“삼촌.”

인기척이 없었다. 신발을 벗고 안으로 들어갔다. 문을 열면 작은 부엌 겸 거실이 나오고, 미닫이문을 열면 방이 나온다. 한참 동안 벽을 더듬거려 스위치를 찾아 불을 켰다.

외삼촌은 눈을 감고 기도를 하듯, 두 손을 가운데로 가지런히 모은 채 요 위에 가부좌를 틀고 앉아 있었다. 내가 들어왔는데 꿈쩍도 하지 않았다.

나는 외삼촌이 눈을 뜰 때까지 기다렸다. 하지만 10초, 20초가 지나도 그 자세 그대로였다. 아무래도 명상을 하고 있는 것 같았다. 평소의 외삼촌과 지금 눈앞에서 고요히 명상을 하고 있는 외삼촌은 도저히 같은 사람이라고 볼 수 없을 만큼 달랐다.

참다못해 나직하게 외삼촌을 불렀다.

"삼촌."

외삼촌은 아무 반응이 없었다. 외삼촌 얼굴에 대고 손을 흔들어 보았다. 역시 꼼짝도 하지 않았다. 귀를 외삼촌 코에 대 보았다. 숨소리가 들리지 않았다. 갑자기 오싹해졌다. 앉은 채로 죽었나?

"삼촌?"

그제야 외삼촌이 눈을 번쩍 떴다. 나는 너무 놀라 하마터면 들고 있던 접시를 손에서 떨어트릴 뻔했다.

"어휴, 깜짝이야. 놀랐잖아."

외삼촌은 나를 뚫어져라 쳐다보았다. 마치 처음 보는 사람을 마주하고 있는 듯한 눈빛으로. 그 눈빛은 뭐랄까, "당신은 누구십니까?" 하고 묻는 듯했다. 얼굴은 분명 외삼촌이 맞는데, 이상하게도 낯설게 느껴졌다.

볶음밥 접시를 외삼촌 턱 밑으로 들이밀며 퉁명스럽게 말했다.

"아빠가 갖다 주래."

외삼촌은 여전히 그 낯선 눈빛으로 볶음밥을 보더니 접시를 받아 옆에 내려놓았다.

"앉아 봐."

"뭐?"

"앉아 보라고."

외삼촌이 방바닥을 가리켰다. 몹시 귀찮았지만, 마치 거부할 수 없는 강력한 전류에 이끌리듯 외삼촌 앞에 스르르 앉았다.

외삼촌이 내 눈을 똑바로 들여다보았다. 눈빛은 방금 전보다 더 강렬해져 있었다. 그런 외삼촌이 조금 무서웠다.

"봤니?"

"뭘?"

"내가 없어진 거."

"무슨 말이야? 삼촌이 왜 없어져?"

외삼촌은 실망한 얼굴로 고개를 가볍게 저었다.

"또 실패했구나."

"뭘 실패해?"

"나, 방금 다른 차원에 갔었거든."

"다른 차원이라니?"

"네가 날 본 걸 보니, 내 몸까지 완벽하게 가지는 않았구나."

"……."

이건 무슨 니기미 뽕 같은 소리지? 다른 차원은 뭐고, 완전히 간 게 아니라는 건 또 뭐야?

"진익아, 들어 봐. 우리가 사는 이 우주는 엄청나게 많은 비밀을 감추고 있어. 이 세상에는 우리가 사는 3차원만 존재하는 게 아냐. 4차원, 5차원, 아니 10차원이 있을 수도 있어. 우리가 상상할 수도 없는 시간과 공간이 존재하고 있단 말이다. 이미 많은 물리학자들이 다른 차원을 연구하고 있어. 우리에게 익숙한 차원처럼 평평할 수도 있고, 그림자처럼 비틀려 있을 수도 있어. 원자보다 훨씬 작을 수도 있고, 가늠할 수 없을 만큼 무한히 클 수도 있지."

어렸을 때 엄마가 사 주면서 억지로 읽으라고 했던 과학 교양서에서 4차원이니 다차원이니 하는 내용을 본 기억이 났다. 하지만 지금은 먼지처럼 깡그리 다 날아가 버려서 어떤 내용이었는지 전혀 생각나지 않았다.

외삼촌이 물었다.

"너는 '본다'라고 할 때 뭘 보니?"

방 안을 둘러보았다. 벽에 붙어 있는 탁자, 그 위에 쌓여 있는 두꺼운 물리학 서적들, 작은 창문, 오래된 벽지에 생긴 얼룩, 떨어져 나간 장판, 그리고 외삼촌, 그런 것들.

"네가 보는 건 공간이나 사물이야. 사람들이 보통 본다고 할 때는 공간을 배경으로 사물을 보거든. 시간이나 생각은 볼 수가 없어. 만약 시간이나 생각을 볼 수 있는 능력이 있다면 어떻게 될까?"

시간이나 생각을 본다고? 그게 가능한 일인가?

"에이, 그런 게 어딨어?"

"진익아, 너 다중 우주라는 것에 대해서 들어는 봤냐?"

다중 우주 이론이라면 나도 조금은 알고 있다. 하지만 막상 설명을 해 보라고 하면 못 하겠다. 다행히 외삼촌은 더 이상 묻지 않고 이부자리 옆에 놓여 있는 플라스틱 컵을 집어 들었다.

"너, 이 컵이 무엇으로 이루어져 있다고 생각하냐?"

"그거야 뭐, 플라스틱이지."

"물론 재질은 플라스틱이지만 모든 사물과 마찬가지로, 이 플라스틱은 분자 구조로 이루어져 있어. 분자는 그보다 더 작은 원자 구조로 되어 있고. 원자 안에는 그보다 더 작은 양자와 중성자가 있는데, 그것들은 다시 더 작은 쿼크라는 물질로 이루어져 있지."

양자와 중성자까지는 알겠는데 쿼, 뭐라고 하는 것까지는 모르겠다.

"어떤 물리학자들은 이 세상에 존재하는 모든 만물이 끈으로 구성돼 있다고 주장해. 여기서 끈은 더 이상 세분화할 수 없는, 우주를 구성하는 최소 단위를 말해. 음, 우리가 사는 곳은 3차원이야. 높이와 길이, 넓이로 이루어져 있으니까. 그런데 끈 이론에 의하면 더 많은 차원이 존재해. 이 컵은 그냥 컵으로 보이지만, 만약에 우리 몸이 개미보다 몇십억 배나 작은 크기로 줄어든다면 어떨 것 같니? 이 컵을 감싸고 있는 작은 차원들을 수없이 발견할 수 있다는 거야. 너무 작아서 보이지 않는 또 다른 차원이 끈의 형태로 감겨 있는 셈이지. 끈이 진동을 하면서 여러 형태의 입자를 만들어 내는데, 그 입자만큼 무수히 다양한 우주가 존재하게 된다는 얘기야."

외삼촌의 말은 알다가도 모르겠다. 외삼촌은 내 옆에 바싹 붙어 앉아서 계속 말을 이어 갔다. 입에서 썩은 생선 냄새가 났지만, 얼굴을 찡그리는 건 외삼촌에 대한 예의가 아니라서 꾹 참고 들었다.

"우주가 무한히 크다면 우리와 비슷하거나, 어쩌면 똑같은 존재가 어딘가에 또 있을 수 있겠지. 그게 바로 평행 이론이야. 평행 이론대로라면 우주 어딘가에 우리와 비슷한 사람들이 살 수도 있고, 완전히 똑같은 사람이 살 수도 있다는 거야. 난 어딘가에 나하고 똑같은 존재가 살고 있다고 믿어. 그러니까 이건 어디까지나 선택의 문제야. 어느 쪽을 선택하느냐에 따라서 반대편에는 다른 평행 세계가 생겨날 수 있다는 거지."

"예를 들면?"

"음, 내가 여기서 짜장면 배달하는 일을 선택했을 때, 다른 평행 세계에 있는 또 다른 나는 멋진 스포츠카를 몰며 날씬하고 예쁜 아가씨와 데이트를 하면서 돈을 물 쓰듯 하고 다닌다든가……."

그건 평행 우주에 있는 또 다른 외삼촌이 아니라, 내 앞에 있는 외삼촌의 헛되고 헛된 소망이 아니던가?

"삼촌은 그렇게 살고 싶어?"

"내가 짜장면 배달을 하지 않는다면 회사에 취직해서 월급쟁이로 살겠지. 나중에 결혼해서 애라도 낳으면 집 걱정, 교육비 걱정에 한평생 허리띠를 졸라매며 열라 찌질하게 보낼 거야. 그렇게 사느니 차라리 평행 우주로 슝 날아가서 멋지게 사는 편이 낫겠다 싶어. 그래서 지금 열심히 평행 우주를 연구하고 있는 중이야."

나는 외삼촌이 말한 평행 이론을 부정하진 않는다. 어딘가에는 분명히, 다른 세계로 들어가는 통로가 있을 거라고 믿는다. 우리 눈에 보이지 않는 세계가 있으리라는 것도 인정한다. 하지만 외삼촌이 또 다른 우주에 가서 스포츠카를 몰며 멋지게 산다는 말은 도저히…….

"못 믿겠어."

"그렇겠지. 오랜 옛날에 갈릴레이나 코페르니쿠스 같은 과학자들이 지구는 둥근 데다 태양을 중심으로 돈다고 했을 때, 사람들은 정신 나간 헛소리라고 손가락질하며 비웃었어. 하지만 결과는 어땠냐? 그 미친 과학자들이 한 말이 맞았지? 지금 내가 하는 말도 다 미친 말이라고 생각하겠지만 언젠가는 말이다, 언젠가는 다 진실로 증명될 날이 올 거야. 오늘은 비록 평행 우주로 가는 데 실패했지만, 언젠가는 꼭 갈 거다. 가고야 만다."

외삼촌은 자신만만하게 말하며, 손을 뻗으면 닿는 거리에 있는 미니 냉장고 문을 열었다. 그러고 보니 물건들이 모두 요를 중심으로 손을 뻗으면 닿을 수 있는 거리에 배치되어 있었다.

냉장고에는 맥주병이 가득 들어 있었다. 외삼촌은 그중 한 병을 꺼내 마시려다 말고 나를 힐끔 보더니 플라스틱 컵에 맥주를 가득 따랐다.

"마셔."

얼떨결에 맥주잔을 받아 들고는 외삼촌을 빤히 바라보았다. 지금 나보고 술을 마시라는 거야?

"오늘 날짜로 우리 진익이는 진짜 남자가 되는 거야."

외삼촌이 들고 있던 맥주병을 내 잔에 부딪쳤다.

"술을 어떻게 마셔?"

"어떻게 마시긴? 입으로 마시지."

그러고는 컵을 내 입으로 밀었다. 얼떨결에 한 모금 마시고 말았다.

"그래, 그렇게 남자가 되는 거야. 히히히."

맥주……, 술……. 음, 그러니까 그 맛을 어떻게 표현해야 할지 모르겠다. 쌉싸래하고 시원하면서 톡 쏘는, 목구멍에서부터 위까지 스트레이트로 쭉 내려가는 상쾌한 기분……. 그렇다고 마냥 상쾌하다는 건 아니다. 온몸이 후끈거리면서 불쾌한 느낌이 들었다가, 머릿속에 수천 대의 헬리콥터가 윙윙 소리를 내며 돌고 있는 것 같은 기분? 또 물에 풀어지는 파래처럼 온몸이 늘어지는 기분이 들기도 했다. 얼굴은 불이 붙은 것처럼 화끈거렸고, 심장은 고장 난 것처럼 저 혼자 미친 듯이 팔딱거렸다.

나는 단숨에 맥주 한 컵을 쭉 마셔 버렸다.

외삼촌은 그럴 줄 알았다는 듯 씨익 웃더니 한 잔 더 따랐다.

"우리 조카님, 술 좀 하는걸. 하하하."

외삼촌과 나는 두 번째로 건배했다. 그러고는 둘 다 한 번에 원샷. 세 번째 잔부터는 처음 느꼈던 그 독특한 맛이 사라지고 맥주가 맹물처럼 싱겁게 느껴졌다. 하지만 이상하게 자꾸 당겼다. 외삼촌은 맥주병이 빌 때마다 냉장고에서 새로 꺼냈다. 냉장고는 요술 항아리처럼 새 맥주를 자꾸만 토해 냈다.

내가 왜 맥주를 계속 받아 마셨는지 모르겠다. 몸이 털실처럼 술술 풀려 나가는 기분이었다. 더 이상 앉아 있을 수가 없어서 방바닥에 그대로 고꾸라졌다. 어느 사이엔가 외삼촌도 내 옆에 누웠다.

몸이 점점 이상해졌다. 분명히 딱딱한 방바닥에 누워 있는데, 양털 침대에 누운 것처럼 바닥이 푹신했다. 몸이 차츰 가벼워지더니 바닥에서 5센티미터쯤 솟아올라 공중에 붕 뜬 것 같기도 하고, 온몸의 뜨거운 피가 머리 쪽으로 쏠린 것 같기도 했다. 두피부터 머리카락 한 올 한 올까지 뜨거워지고, 얼굴 전체가 불이 붙은 것처럼 화끈거렸다.

뭔가 울컥울컥, 목구멍으로 넘어올 것 같다가도 숨을 쉴 때마다 속으로 도로 쏙 들어갔다. 슬픔과 기쁨과 서러움과 그리움과 분노와 미칠 것 같은 이상한 감정들이 잘 섞은 팥빙수처럼 뒤엉켜 요동을 쳐댔다. 지금까지 한 번도 경험해 보지 못했던 이상한 감정이었다. 딱히 뭐라고 명명할 수 없는 그런 낯선 기분과 감정에 취해 한동안 천장을 멀뚱멀뚱 올려다보았다. 천장 벽지의 자잘한 꽃 그림이 둘로 보였다가 다섯으로 보였다가, 아래로 확 쏟아져 내렸다가 어느 순간 사라져 버렸다. 나는 속으로 정말 이상한 천장이야, 하고 생각했다.

"넌 말이다, 진익아."

옆에 누워 있던 외삼촌이 말했다. 외삼촌의 목소리가 아주 먼 곳에서 들리는 것처럼 아득하게 느껴졌다. 심정적으로는 수십 킬로미터 떨어진 곳에서 말하는 것 같았는데, 이상하게도 말소리는 똑똑히 잘 들렸다.

"넌 네가 누구라고 생각하니?"

온통 뒤죽박죽이 되어 버린 머릿속에서 대답이랄 수 있는 단어들을 골라내, 문장으로 조합해 보려고 애썼다.

"인간, 이고, 나는, 중학교 2학년, 52센티미터의 몸무게, 153.5킬로그램의 키, 아니 52킬로그램 몸무게에 153.5센티미터의 키에, 3대 주인이 될, 동구반점의, 우리 엄마 아빠의, 아들이고, 하나뿐인, 그리고 내 이름이 뭐였더라, 그래, 배진익. 평생을 배진익으로 살아왔고, 없고, 다른 이름은 꿈에도 생각한 적이 암, 없고, 그런데 가끔씩 배진익이 진짜 나일까, 내가 진짜 배진익일까 헷갈려서 미칠 것 같은데, 학교에서는 21번, 공부는 음……, 나는, 나고."

그렇게 횡설수설 늘어놓고 보니, 정작 해야 할 말이 거북 머리처럼 몸속으로 쏙 들어가 버렸다. 아, 도무지 잡으려고 해도 잡히지 않고, 뭐가 뭔지 모르겠다. 나는 누구지?

돌처럼 무거운 머리를 돌려 겨우 외삼촌을 바라보았다. 외삼촌이 봄날의 아지랑이처럼 눈앞에서 아른거렸다. 손을 들어 외삼촌을 잡아 보려고 했지만 신기루처럼 제대로 잡히지 않았다. 허공에서 헛손질을 해 대는 내 팔만 두 개로, 혹은 네 개로, 여덟 개로 보일 뿐이었다. 특수 안경을 끼지 않고 보는 3D 영화 같았다.

"넌 너와 나 사이의 간극이 얼마나 된다고 생각하냐?"

계속 질문이다. 나는 또 뒤죽박죽인 머릿속에서 적당한 단어들을 끄집어내 조합을 해야 했다.

"그러니까 외삼촌은 엄마의 남동생, 엄마와 나는 일촌, 아니 무촌인가? 동생 아빠, 아니 아빠 동생과는 사촌, 그러니까 동생 엄마, 아니 엄마 동생과는 오촌, 아니 육촌인가?"

외삼촌과 나의 거리가 얼마나 먼 것인지 혹은 얼마나 가까운 것인지 쉽게 가늠이 되지 않았다. 알코올 탓이다. 알코올이 이미 온몸에 퍼졌다. 감각이 통하지 않는 손톱이나 발톱, 머리카락까지 죄다 퍼져서 의식을 마음대로 조종할 뿐만 아니라 내 언어까지 흔들고 있었다.

"너와 나 사이에는 어마어마한 간극이 있다. 이렇게 바로 옆에 있지만 넌 날 만질 수가 없지. 우린 모두 그런 존재들인 거다. 서로 가까이 살고 있는 것 같지만, 차원의 문제로 본다면 절대로 난 너에게 건너갈 수 없고, 너도 나에게로 건너올 수가 없는 것이란 말이다. 인간은 그래서 외로운 거야. 각자의 차원 안에서 살고 있기 때문에, 죽을 때까지 자기의 차원 안에서만 살아야 하기 때문에…… 외로운 거다. 그래서 난 오래전부터 연구를 해 왔어. 차원을 건너는 법을. 지금 세 개의 차원을 발견했다. 이건 극비라서 아무리 조카지만 너한테도 말할 수가 없다. 만약 나사에서 알면 난 쥐도 새도 모르게 납치당해 그들의 비밀 프로젝트에 강제로 투입될지도 모르거든. 난 이렇게 자유롭게 살다가, 내가 원하는 차원을 다 찾으면 이곳을 떠날 거다."

떠난다는 말을 벌써 몇 번째 들었는지 모르겠다. 월급날마다 외삼촌은 "더러워서 못 해 먹겠다."면서 금방이라도 이 집을 떠날 것처럼 얘기했다. 그렇게 몇 달이 지났는지 모른다. 이제는 떠난다는 외삼촌의 말은 믿지도 않는다.

너와 나의 간극, 우리 사이의 간극, 이 세계의 간극. 그 간극이라는 것에 대해 생각했다. 밀가루와 짜장면의 간극, 옥탑방에 사는 외삼촌과 지하실에 사는 쥐와의 간극, 나와 엄마의 간극, 나와 김요정의 간극, 아빠와 엄마의 간극, 지구와 토성의 간극, 그리고, 저 천장과 방바닥의 간극, 너와 나의 간극.

외삼촌이 그 간극을 건너가는 차원을 연구해 왔다면, 나도 연구를 하면 그 모든 것들의 간극을 건너가는 신기술을 발견할 수 있을까? 그건 불가능하다. 아니 불가능하다는 것은 내 생각이다. 인류는 얼마나 많은 불가능을 가능으로 바꿔 왔던가. "그래서?" 하고 내가 물었던 것 같다. 외삼촌이 대답했다.

"난 다른 차원에 가서 멋지게 살 거다."

외삼촌이 말한 평행 우주 이론대로라면, 저 우주 어딘가에 나하고 똑같은 아이가 있다. 태어난 날짜, 생김새, 성격까지 나의 도플갱어라고 할 정도로 똑같은 아이 말이다. 그 아이는 나와는 정반대의 삶을 살고 있겠지. 나처럼 소심하지도 않고, 평생 짜장면 냄새를 맡으며 살지도 않고, 엄마에게 잔소리 폭탄을 듣지도 않고, 여자에게 놀림을 당하지도 않을 거다. 무엇보다 나는 누구이고, 왜 여기에 있고, 또 어디로 가고 있는가에 대한 문제로 괴로워하지도 않을 것이다.

멋지게 사는 거, 그것참 좋은 거네. 그런데 멋지게 사는 게 뭐지? 맛있는 것만 먹고, 멋진 차를 몰고, 쭉쭉빵빵 예쁜 여자 친구와 매일 밤 그 짓을 하고, 신나게 놀고, 마시고, 그게 멋지게 사는 걸까? 다른 차원에 가면 그렇게 살 수 있나? 외삼촌, 거긴 그렇게 멋져? 그런데 내 생각엔 그것도 지겨울 거 같은데? 결국 나중에는 멋지고 즐거운 게 지겨워지지 않을까? 그래서 마침내는 지겨운 것도 지겨워지지 않을까? 내 생각은 그래, 그냥 그렇다는 거야. 나는 한 번도 멋지게 살아 보지 않아서 잘 모르겠는데, 그냥 지겨울 거 같아. 어디서 어떻게 살든, 사는 건 다 지겨워. 사는 건 다 지겹다고……. 지겨워…….

"으악."

엄마의 비명 소리에 놀라 눈을 떠 보니 나는 개가 되어 있었다. 방바닥은 온통 토사물 범벅이었고, 내 몸은 토사물의 일부가 돼 있었다. 떡은 사람이 될 수 없지만 사람은 떡이 될 수 있다고 했던가. 대체 이게 어떻게 된 거지?

엄마가 두 배쯤 커진 눈으로 나를 내려다보며 악악, 하고 계속 비명만 질러 댔다. 일어나려고 했지만 토사물에 미끄러지면서 방바닥 위로 보기 좋게 자빠지고 말았다. 머리가 깨지는 것처럼 아팠다. 다시 일어나려고 했지만 바닥이 미끄러워 제대로 중심을 잡을 수가 없었다. 겨우 중심을 잡고 방을 내려다보니, 이건 뭐…….

엄마가 내 귀를 잡고 밖으로 질질 끌고 나갔다. 놀랍게도 눈이 부시게 아침 햇살이 쏟아지고 있었다. 믿을 수가 없었다. 문 하나를 사이에 두고 한쪽은 지옥, 한쪽은 이렇게 평화로운 천국이라니.

엄마는 옥상 바닥에 나를 패대기치더니, 안으로 들어가 양동이에 물을 가득 받아 와서는 인정사정없이 내 몸에 뿌렸다. 아침부터 물세례를 받으니, 울렁거리던 속과 깨질 것 같던 머리가 순식간에 깨끗해지면서 정신이 번쩍 들었다. 엄마는 세 번이나 더 양동이에 물을 담아와 내 몸에 들이붓는 수고를 아끼지 않았다.

뒤늦게 올라온 아빠가 방을 청소했다. 아빠는 늘 뒤에서 묵묵히 일을 하는 스타일. 내가 밤새 토하고 휘저어 놓은 토사물을 깨끗이 치웠다. 그동안 나는 딱딱한 시멘트 바닥에 무릎을 꿇고 앉아 반성의 시간을 가져야만 했다.

이층으로 내려와 샤워를 하고 옷을 갈아입었다. 하지만 내 몸에서 나는 시큼한 토사물 냄새는 쉬이 없어지지 않았다. 그때까지 나는 외삼촌의 존재를 까맣게 잊고 있었다. 모든 사건이 종료된 뒤에 학교에 가기 위해 가방을 들고 나오는데, 엄마가 "외삼촌은 어디 갔어?"라고 물었다. 그제야 외삼촌이 없어졌다는 사실을 알아차렸다.

옥탑방으로 올라가 방 안을 뒤져 보았다. 화장실에도, 부엌에도, 옷장 속에도 외삼촌은 없었다. 심지어는 서랍장까지 열어 봤지만, 외삼촌은 그 어디에도 없었다. 어젯밤에 분명히 나하고 같이 술을 마시면서 평행 우주가 어떻니, 다른 차원이 어떻니, 하고 떠들어 댔는데. 나에게 연거푸 맥주를 따라 주며 이제 넌 남자가 되는 거야, 하고 말했는데.

엄마는 외할머니와 이모들한테 전화를 걸었지만, 외삼촌은 그 어디에도 없었다. 외삼촌 친구들에게 전화해서 물어도 돌아오는 대답은 똑같았다.

“내가 정말 못살아. 애를 이 지경으로 만들어 놓고 어디로 튄 거야? 암튼 들어오기만 해 봐. 죽여 버릴 거야.”

엄마는 있는 대로 열을 받았다.

딱 5초만 허락할게

기타맨 황금동의 껄떡댐이 심상치 않다. 수업이 끝나면 황금동은 우리 교실에 와서 동기와 홍래 사이에 끼여 시시덕거렸다. 동기 말로는 황금동 성격이 내성적이고 낯도 많이 가린다더니, 다 헛소리였나 보다.

황금동이 왜 우리 교실에 그토록 자주 출몰하는지 그 이유를 곧 알아차렸다. 김요정 때문이다. 그날 밤에 둘이 함께 간 이후로 김요정을 바라보는 황금동의 눈빛이 심하게 끈적거렸다. 오늘도 그랬다. 둘째 시간이 끝나고 황금동은 여지없이 우리 교실로 왔다. 동기와 홍래가 자리에 없자 황금동은 창가 자리에 앉아 여자애들과 수다를 떨고 있는 김요정에게로 쭈뼛거리며 걸어갔다.

황금동은 여자아이들에게서 한 발쯤 떨어져서 대화에 끼는 것도 아니고 안 끼는 것도 아닌, 어정쩡한 자세로 여자애들을 어깨 너머로 기웃거렸다. 여자애들과 깔깔거리던 김요정이 황금동을 보고는 웃으며 손짓을 했다. 황금동이 여자애들 사이에 끼어들었다. 김요정은 춤추는 흉내도 내고, 기타 치는 흉내도 내면서 열심히 수다를 떨었다.

황금동은 입이 귀에 걸릴 정도로 계속 웃고만 있었다. 남자 앞에서 끼 부리는 김요정이나 여자한테 껄떡대는 황금동이나 다 꼴도 보기 싫어 교실에서 나와 버렸다. 혼자 복도에서 창밖을 내다보고 있는데 외삼촌 생각이 났다. 외삼촌은 어디로 갔을까? 정말 다른 차원으로 가 버린 건가? 야속한 외삼촌. 가려면 나도 좀 데리고 가지. 치사하게 혼자만 가냐.

내 옆을 아메바 커플이 지나갔다. 쪽쪽. 걸어가면서도 계속 뽀뽀질이다. 지난번 영어 시간에 걸린 뒤 둘이 교무실에 불려가 다시는 수업 시간에 뽀뽀를 하지 않겠다는 반성문을 쓰고도 정신을 못 차렸다. 그러게. 반성을 하면 아메바 커플이 아니지. 아메바가 괜히 단세포겠는가.

우주 한복판에 나 혼자 남겨진 기분이 든다. 여기를 봐도 외롭고, 저기를 봐도 외롭다. 완벽히 혼자다. 왜 이런 기분이 드는지 모르겠다. 외삼촌은 인간과 인간 사이에는 보이지 않는 간극이 있고, 바로 그 간극 때문에 외로운 거라고 했다. 물리적으로는 가까이 있지만 심리적으로는 도저히 만날 수 없을 만큼 떨어져 있기 때문에, 인간은 죽을 때까지 각자 자기의 차원 안에서만 살아가고 그래서 외로운 거라고 했다. 그럼 다른 차원에 가면 외롭지 않나? 그 차원에서는 너와 나의 간극이 0이 돼서 저 아메바 커플처럼 암수한몸이 되나? 저 아메바 커플은 외롭지 않을까?

하루 종일 기분이 우울했다. 학교 수업이 끝나고 공부방에 가서 과외를 받을 때까지 그 기분은 계속 이어졌다. 김요정이 앞에 있었지만 투명 인간 취급했다. 안 쳐다보려고 애를 쓰는 것도 힘들었다.

과외 수업이 끝나고 나오는데 김요정이 내 옆에 바싹 붙어서 따라왔다.

"같이 가자."

다른 날 같았으면 "꺼져!"라고 말하며 거부했을 텐데, 오늘은 아무 의사 표시도 하지 않았다. 왜 그랬는지는 나도 모르겠다. 김요정은 오케이로 받아들였는지 내 옆에 찰싹 붙어 따라왔다.

"웬일이냐? 진드기가 오늘은 거부를 안 하고. 하하하."

김요정은 볼 때마다 에너지가 넘친다. 사는 게 즐거운 모양이다. 좋겠다. 나는 사는 게 이렇게 힘든데.

사람들은 집을 향해 빠른 걸음으로 걸었고, 집들은 모두 주인을 기다리는 자세로 조용히 불을 밝히고 있었다. 나는 집이 아니라 공원 쪽으로 발길을 돌렸다. 김요정은 나를 계속 따라왔다. 따라오거나 말거나 그냥 걸었다.

공원에 들어선 뒤 눈앞에 보이는 의자에 앉았다. 김요정도 내 옆에 앉았다.

"무슨 일 있냐?"

김요정이 평소답지 않게 진지한 목소리로 물었다. 나는 김요정 얼굴을 보지 않으려고 하늘 높이 떠 있는 달을 올려다보았다. 달이 오늘따라 징그럽게 밝다.

"넌 사는 게 재밌냐?"

김요정은 아무 말도 하지 않았다. 갔나? 왜 이렇게 조용하지? 그제야 고개를 돌려보니 김요정이 내 얼굴을 빤히 쳐다보고 있었다. 흠칫 놀랐다. 여자는 달빛 아래에서 보면 다 예쁘다던데, 김요정은 희미한 달빛 아래에서 봐도 여전히 못생겼다.

김요정이 피식 웃었다.

"넌 사는 게 재미없냐? 난 재밌어 죽겠는데."

"하긴 요즘 한창 연애에 빠져 있으니 재밌기도 하겠지."

내가 왜 이러지? 설마 지금 질투라도 하고 있는 건가? 그런 말을 한 내 입을 쥐어뜯고 싶었지만 이미 내뱉어 버린 말. 다시 주워 담을 수가 없는 말.

김요정이 눈을 동그랗게 뜨고 물었다.

"누가? 내가?"

에잇! 이미 버린 몸, 아니지, 이미 뱉어 버린 말. 나오는 대로 마저 뱉어 버리자.

"너 오늘 황금동하고 아주 깨가 쏟아지더라. 둘이 그렇고 그런 사이 아니냐?"

김요정이 처음에는 무슨 말인지 모르겠다는 듯이 고개를 갸우뚱거리더니 갑자기 미친 듯 웃어 댔다. 하하하하하하하. 웃음소리가 꽤 시끄럽다. 한참을 웃던 김요정이 갑자기 내 어깨에 팔을 척 걸쳤다. 엄청난 크기의 가슴이 내 옆구리로 밀착됐다. 깜짝 놀라 옆으로 비켜 앉았다. 김요정이 유쾌한 목소리로 말했다.

"너, 알고 보니 참 귀여운 구석이 없지 않아 있네. 지금 질투하는 거야? 그런 거야?"

또 엄청난 놀림을 받을 것 같은 예감적인 예감이 든다. 강한 부정은 긍정이라고 했으니, 이럴 때는 입을 꽉 다물고 있는 게 상책이다. 이제 공원에는 운동을 나온 사람들도 다 가 버리고 우리 둘뿐이었다. 저쪽에서 경찰관 한 명과 방범대원 한 명이 다가왔다. 지은 죄도 없는데 겁이 더럭 났다.

경찰관과 방범대원이 김요정과 나를 내려다봤다.

"밤늦게 여기 있으면 위험하니까 빨리 집에 들어가라."

위험한 곳은 공원이 아니라 집이라는 걸 이 아저씨들은 알까?

김요정이 의자에서 일어나 공손하게 허리까지 숙여 가며 말했다.

"네, 아저씨. 금방 갈게요. 수고하세요, 아저씨."

경찰관과 방범대원이 간 뒤에 김요정이 내 쪽으로 몸을 돌리더니 뜬금없이 말했다.

"허락할게."

무슨 말인지 몰라 김요정을 빤히 보았다. 김요정은 가슴을 내 앞으로 쭉 내밀며 말했다.

"허락한다고."

"뭘?"

"내 가슴. 하지만 이번 딱 한 번뿐이야."

"……?"

도대체 무슨 말을 하고 있는지 영문을 모르겠다. 허락은 뭐고, 가슴은 또 뭐지? 김요정이 그 큰 가슴을 내 코앞까지 바짝 들이밀며 말했다.

"너, 내 가슴에 관심 있는 거 다 알아. 지금까지 누구한테도 허락한 적이 없었지만 너한테만큼은 특별히 허락할게. 딱 2초야."

어이가 없어 멍청하게 보고 있는데, 김요정이 작심한 듯 단호한 얼굴로 말했다.

"왜? 너무 짧아? 좋아, 그럼 5초. 더 이상은 안 돼."

왜 이렇게 심장이 뛰지? 죽을병이라도 걸렸나?

나는 입술만 달싹이다가 가까스로 물었다.

"왜, 왜 이래?"

김요정이 갑자기 내 손을 잡아 자기 티셔츠 속으로 집어넣었다. 물컹, 하고 손 안 가득 살덩어리가 만져졌다. 정신이 혼미했다.

"1초, 2초, 3초, 4초, 5초, 땡!"

내 인생에서 가장 끔찍했던 5초가 지나갔다. 딱 5초가 되자마자 김요정은 내 손을 빼냈다. 그러더니 아무렇지도 않은 표정으로 티셔츠를 매만지고 나서 말했다.

"가슴을 허락했다고 해서 다 허락했다고 오해하지는 마. 뭐, 굳이

원한다면 입술까지는 허락하겠지만 더 이상은 안 돼."

술을 마시지도 않았는데 머리가 어질어질하다. 여긴 어디? 나는 누구? 정신을 못 차리고 있는데 김요정이 발딱 일어났다.

"빨리 들어가자. 밤공기가 싸늘해."

손가락 끝에서 느껴졌던 그 보드랍고, 물컹하고, 풍부하고, 굴곡진 느낌, 가슴에서 풍겨 오는 설탕이 녹은 것 같은 달콤한 냄새, 머리카락에서 풍겨 오던 향긋한 샴푸 냄새, 아아, 그 살냄새. 이건 꿈일 거야. 갑자기 온몸이 후끈 달아올랐다. 뜨거운 열기가 일제히 아래로 쏠리면서 내 거시기가 빳빳해졌다. 미치겠네, 정말. 가운데가 민망할 정도로 불룩 솟아올랐다.

김요정은 저만치 앞서 걸어가고 있었다. 나는 다리를 비비 꼬며 그 뒤를 따라갔다. 다행히 김요정은 뒤돌아보지 않았다. 작아져라, 작아져라, 작아져라, 제발. 주문을 외우고 애원도 해 봤지만 거시기는 좀처럼 작아지지 않았다. 내 몸인데도 내 마음대로 할 수 없다니, 세상에 이런 일이!

엄마의 갑질

일주일이 지나도 외삼촌의 행방은 묘연했다. 어디에서도 외삼촌의 흔적을 찾을 수 없었다. 엄마의 스트레스는 매시간 기록을 갈아 치웠다. 아마 짜증내기 세계 대회가 열린다면 금메달을 땄을 것이다.

엄마는 스트레스를 나한테 풀었다. 엄마의 따다다다가 시작되면 나는 내 방으로 들어가며 부서져라 문을 닫았다. 내가 할 수 있는 저항이라는 게 고작 문을 걸어 잠그는 거였다. 이 집에서 엄마는 갑이고 나는 을이다. 을의 입장에서는 갑질을 참을 수밖에 없다. 하지만 나도 인간인지라 참을 수 없는 날도 있다. 특히 오늘 같은 날.

토요일이라 아침 먹고 '우주로탈출프로젝트' 연습 때문에 준비를 하고 나오는데 엄마가 가게를 봐 달라고 했다. 외삼촌이 없으니 엄마가 배달을 해야 했다.

나는 단호하게 말했다.

"싫어."

"뭐? 싫어?"

두 번째에는 나도 모르는 용기가 생겨 더 단호하게 말했다!

"싫어."

"뭐? 너, 너 지금 뭐라고 했어?"

"싫다고 했어."

"지금 반항이야?"

"나도 내 생활이 있어. 숙제도 해야 하고 친구들이랑 약속도 있어. 내가 왜 가게를 봐야 되는데?"

어김없이 엄마의 따다다다가 시작됐다.

"매일 봐 달라는 것도 아니고 노는 날 봐 달라는데, 뭐? 싫어? 내가 누구 때문에 이렇게 고생하는데 싫다는 말이 나와, 지금?"

"누가 나 때문에 고생하래? 그러게 왜 외삼촌을 내쫓았어?"

"내가 내쫓았냐? 제 발로 걸어 나갔지."

"내쫓은 거나 다름없지."

"너, 지금 누구 편이야? 기껏 낳아서 이제까지 고생 고생하며 길러 놨더니 돼먹지도 않은 외삼촌 편이나 들고 있어?"

내 성질도 극에 달했다.

"그러게, 날 왜 낳았어? 결혼은 또 왜 했어? 평생 혼자 살지. 누가 결혼하고 애 낳으라고 시켰어? 다 엄마가 원해서 한 거잖아. 그래 놓고 왜 만날 나만 갖고 뭐라고 그러는데?"

아, 이 레퍼토리는 변하지도 않는구나. 어렸을 때도 이런 말을 해서 죽어라 매를 벌었는데, 아직까지 써먹다니.

엄마가 손을 번쩍 쳐들었다. 나는 재빨리 그 손을 잡았다. 이제 나는 힘으로 엄마를 이길 수 있다. 어렸을 때는 때리면 맞았지만 이제 더는 맞지 않을 거다. 엄마가 손을 빼려고 했다. 그럴수록 나는 더 힘껏 엄마 손을 잡았다.

"이거 못 놔?"

"말로 하지, 왜 때려?

"맞을 짓을 했으니까 때리지."

"내가 엄마 소유물이야? 때리고 싶으면 막 때리게."

"이게 얻다 대고 따박따박 말대꾸야? 이거 못 놔?"

"못 놔."

"너, 죽을래?"

"차라리 죽여."

세상에는 두 종류의 엄마가 존재한다. 좋은 엄마와 나쁜 엄마. 내가 생각하는 좋은 엄마는 자기 자식을 사랑하는 엄마다. 나쁜 엄마는 자기 자식을 사랑하지 않는 엄마다. 엄마라고 해서 다 자식을 사랑하는 건 아니다. 그런 내 기준으로 보면 우리 엄마는 나쁜 엄마에 속한다. 엄마가 나를 사랑한다고 생각해 본 적이 한 번도 없다. 엄마가 가장 사랑하는 건 돈이다.

초등학교 때는 엄마가 시키는 대로 다 했다. 그래야만 하는 줄 알았다. 내가 처음으로 반항을 했던 건 중학교 입학을 앞두고 교복을 맞추러 갔을 때였다. 엄마는 내 몸 두 개는 들어갈 만한 교복을 내밀며 무조건 그걸로 사라고 했다. 입어 보니 내가 바보 같았다. 정말로, 죽어도 그 교복을 입기 싫었다. 엄마는 내 키가 하루가 다르게 쑥쑥 자라니까 곧 그 교복이 맞게 될 거라고 했다. 나는 어려서부터 한 치수 큰 옷에 내 몸을 담아 다니는 짓을 해 왔다. 하지만 중학교 교복까지 몇 치수나 큰 걸로 입고 싶지는 않았다. 다른 건 몰라도 내가 멍청해 보이는 것은 죽어도 싫었다.

반항의 표시로 그 자리에서 꼼짝도 하지 않았다. 엄마가 계산을 끝내고 쇼핑백을 든 채 내 손을 잡아끌고 가자고 했을 때도 나는 전봇대처럼 서 있었다.

"얘가 왜 이래? 안 가?"

엄마가 나를 노려보았다. 그래도 나는 버텼다.

"빨리 안 와?"

엄마 얼굴이 험악해졌다. 다리가 부들부들 떨릴 정도로 겁이 났지만 움직이지 않았다. 죽으면 죽었지, 그 큰 교복만은 절대로 안 돼. 엄마는 협박도 하고 큰소리도 치고 마침내는 나를 살살 달랬지만, 교복을 딱 맞는 것으로 바꾼다는 말 이외에는 어떤 말도 내 두 발을 움직일 수 없었다.

그때는 솔직히 죽을 것처럼 공포스러웠다. 공포, 엄마는 나에게 그런 존재였다. 나는 죽을 각오를 하고 버텼다. 교복 속에 들어가느니 차라리 죽는 게 낫겠다는 심정이었다. 한 시간, 아니 두 시간쯤 지났나? 교복 매장 주인이 와서 웃으며 "요즘 애들 교복 크게 안 입어요. 맞는 거 사도 다 줄여서 입는다니까요. 아드님 말대로 해 주세요." 하고 설득하자, 마침내 엄마가 백기를 들었다.

"좋아. 그럼 딱 한 치수만 큰 걸로 사. 단, 앞으로 교복 작아지면 절대로 다시 안 사 줄 거니까 중학교 졸업할 때까지 그걸로 입어야 돼."

엄마 말이 맞았다. 교복은 일 년도 안 돼 몸을 구겨 넣어야 할 정도로 작아졌다. 이제는 작은 교복을 입은 내가 바보 같다. 그래도 새 교복을 사 달라는 말은 하지 못했다. 내 첫 번째 승리를 그런 식으로 내팽개칠 수는 없었다.

그때 알았다. 버티고 덤비면 엄마도 어쩔 수 없다는 걸. 그래서 이번에도 저항했다. 힘이라면 나도 이제 엄마에게 지지 않을 만큼 세다. 그런데 잠시 방심한 사이, 엄마가 손을 빼내 내 따귀를 때렸다. 뺨에서 엄청난 불꽃이 튀었다.

나도 모르게 소리치고 말았다.

"아, 씨발! 니기미 뿡."

놀라서 아무 말도 못 하고 서 있는 엄마를 밀치고 집에서 뛰쳐나왔다. 엄마가 뒤따라 나오며 나를 불렀지만 뒤돌아보지 않고 달렸다. 계속 달렸다. 달리고 또 달렸다.

연습 시간에 동기한테 몇 번이나 지적을 당했다.

"어이, 거기 철가방. 박자가 틀렸잖아."

이런 허접한 연주에 박자가 뭐 그리 중요하다고 꼬박꼬박 지적질이다. 일부러 더 틀리게 철가방을 두드렸다. 쨍그랑, 쨍그랑, 쨍, 쨍. 철가방에서 신경질적인 엄마 목소리가 들렸다. 더 세게 두드렸다. 터엉, 텅텅, 텅텅터엉. 갑자기 주위가 조용해졌다. 아이들이 나를 빤히 보고 있었다.

정다소가 한마디 했다.

"너, 생리하냐?"

그 말에 아이들이 일제히 웃음을 터트렸다. 김요정이 정다소를 향해 얼굴을 찡그렸다.

"말이 좀 심하네."

분위기가 갑자기 싸해졌다.

정다소가 빈정거리듯 말했다.

"웬일이냐? 네가 배진익 편을 다 들고."

"편드는 게 아니잖아, 지금."

"그럼 뭐야? 네가 배진익 대변인이라도 된 거야?"

그건 내가 묻고 싶은 말이다. 자기는 그것보다 더한 말도 했으면서 갑자기 웬 대변인 코스프레? 지금까지 살면서 한 번도 '내 편'이 없다고 생각했다. 그 없던 '내 편'이 하필이면 김요정이라는 게 조금 유감이긴 했지만, 그래도 기분은 좋았다. 나, 지금 감동해도 되나? 속으로 갈등하고 있는데, 김요정이 평소답지 않게 진지한 얼굴로 말했다.

"리더가 말했잖아. 우린 한배를 탄 공동 운명체라고. 그러니까 멤버들끼리는 실수를 해도 서로 감싸 줘야지."

잠자코 듣고만 있던 동기가 손뼉을 두 번 짝짝 치더니 말했다.

"자, 자, 오늘 분위기도 매우 침체돼 있는데 사기 진작 차원에서 내가 한턱 쏘지. 끝나고 회식하자."

그제야 연습장에 활기가 돌았다. 내 기분은 엉망이었지만, 합주 연습을 망치고 싶진 않았다. 정신을 똑바로 차리고 철가방을 두드렸다.

연습이 끝나고 회식 자리로 이동했다. 주인아줌마가 탁자 두 개를 붙여 주었다. 여섯 명이 앉자 비좁은 분식집 안이 가득 찼다.

"마음껏 먹어. 우리 삼촌이 찬조금 협찬해 주셨거든."

동기가 지갑을 탁자 위에 올려놓았다. 얼핏 보니 만 원짜리 지폐가 두둑이 들어 있었다. 좋겠다. 우리 외삼촌은 내 용돈까지 갈취해 갔는데.

우리는 떡볶이, 튀김, 어묵, 김밥을 배 터지게 먹었다. 특히 홍래는 혼자서 김밥 네 줄을 먹고도 배가 안 차는지 우리 몫의 김밥까지 넘봤다. 모두들 정말 잘도 먹었다. 2차는 노래방으로 갔다. 여자애들은 고기가 물 만난 듯 신나게 노래를 부르고 춤을 췄다. 김요정은 아무래도 춤보다 노래에 더 소질이 있는 것 같았다. 어찌나 노래를 잘하는지 남자애들한테 앙코르를 다섯 번이나 받았다.

신나게 먹고 놀자 스트레스가 풀렸다. 적어도 그 시간만큼은 그랬다. 어른들이 왜 회식을 하는지 이유를 알 것 같았다. 아이들은 오늘이 지구의 마지막 날이라도 되는 것처럼 정신없이 놀았다. 동기는 나사가 하나 풀린 것처럼 춤을 추며 노래를 했다. 나도 돼지 멱따는 소리로 노래를 불렀다. 하지만 노래를 부르고 나니 잠시나마 잊고 있던 공포가 엄습했다. 엄마한테 그렇게 퍼붓고 나왔으니, 집에 들어가면 나는 적어도 사망이다. 지금쯤 엄마는 숫돌에 칼을 갈며 내가 들어오기를 기다리고 있을 것이다.

기분이 우울해져서 화장실에 가는 척하고 노래방에서 나왔다. 주머니에 손을 넣고 무작정 길을 걸었다. 외삼촌은 어디로 갔을까? 혹시 진짜 다른 차원으로 가 버린 거 아냐? 아니, 그럴 리가 없다. 그런 세계가 있다면 모두들 다른 차원으로 이사 가지, 왜 이렇게 힘들고 험한 세계에서 살고 있겠나?

오늘 오전까지만 해도 나는 의식주 따위는 전혀 걱정하지 않는 평범한 소년이었다. 그런데 이제 의는 몰라도 식과 주를 걱정해야 하는 처지가 되어 버렸다. 모든 게 뒤바뀌어 버린 것이다. 낮이 밤이 되고, 밤이 낮이 되고, 하늘이 땅이 되고, 땅이 하늘이 되고, 지구인이 외계인이 되고, 외계인이 지구인이 되는 그런 것처럼…….

평소에는 전혀 걱정하지도 않던 잠자리 문제로 지금은 막막하다. 과연 집에 들어가서 편안하게 잘 수 있을까? 노래방에서 방방 뛰어서 그런지 배도 고팠다. 하지만 잠자리에 비하면 배고픔은 걱정거리도 아니다. 왜 그 자리에서 욕이 튀어나왔는지 모르겠다. 하지만 원인 제공은 엄마가 했다. 내 입에서 저절로 욕이 나올 리는 없다. 엄마가 자극을 했기 때문에 나도 반응을 했던 것뿐이다.

우리 가게에서 얼마 떨어지지 않은 길에서 서성거리고 있는데, 내 옆으로 근사한 외제차 한 대가 지나갔다. 이런 누추한 길에 도저히 어울리지 않는 최고급 스포츠카였다. 스포츠카는 정말로 미끄러지듯 도로변에 섰다.

페라리, 8기통, 최고 속도 330km, 출력 3900cc, 가격은 20억 원대. 살아생전에 이런 영물을 눈앞에서 보다니, 믿어지지가 않았다. 눈을 비비고 차를 찬찬히 둘러보았다. 이건 첨단 테크놀로지의 성과가 아니라 첨단 예술이 만든 위대한 완성품이다.

잠시 후 페라리의 문이 열렸다. 놀라서 한걸음 뒤로 물러섰는데 차 문이 위로 열리며 한 남자가 나왔다. 한눈에 봐도 부티가 풀풀 풍기는 검은 양복을 쫙 빼입은 그 남자는……. 맙소사, 외삼촌이었다.

외삼촌은 전혀 다른 사람이 되어 있었다. 어깨까지 치렁치렁하던 긴 머리는 짧게 잘라 기름인지 무스인지를 발라 2 대 8 가르마를 타서 귀 뒤로 넘겼고, 얼굴은 화장을 했는지 잡티 하나 없이 뽀얬다.

외삼촌은 나를 보자 씩 웃었다. 이 사이로 금니 하나가 누런빛을 발하며 반짝하고 빛났다. 방금 전용기를 타고 아랍에서 날아온 왕자 같았다.

"안녕, 조카님?"

차마 외삼촌이라고 부르기가 송구스러워 아무 말도 못 하고 멍청하게 서 있는데, 외삼촌이 따각따각 구두 소리를 내며 내 앞으로 걸어왔다. 나도 모르게 뒤로 한 걸음 물러났다.

"잘 있었어?"

가까이에서 보니 외삼촌이 분명했다. 나는 겨우 정신을 차리고 물었다.

"어, 어, 어떻게 된 거예요?"

나도 모르게 생전 안 쓰던 존댓말까지 나왔다.

외삼촌이 하하하, 큰 소리로 웃었다. 여유로운 웃음소리에서 금 알갱이가 와르르와르르 쏟아질 것만 같았다.

외삼촌은 주위를 둘러보았다. 그러고는 저 멀리 있는 우리 가게를 보더니 연민이 가득한 얼굴로 말했다.

"여긴 그대로구나. 하나도 안 변했어."

나는 눈을 끔벅거리며 손가락으로 페라리를 가리켰다.

"저거, 진짜 삼촌 차야?"

그제야 외삼촌은 뒤를 돌아 페라리를 한번 쓰윽 봤다.

"전에 내가 했던 말 기억나니? 다른 차원에 가겠다는 말."

물론 기억하고말고. 그렇다면 설마?

"드디어 성공했다! 난 지금 다른 차원에 살고 있어. 잠시 너를 보러 온 거야."

믿을 수가 없어, 거짓말! 이런 일이 진짜로 가능해?

외삼촌은 제법 진지해진 얼굴로 말했다.

"그러니까 진익아, 너도 희망을 가져. 너도 나처럼 원하는 대로 살 수 있어."

갑자기 서글퍼졌다. 내가 원하는 대로 살 수 있다고? 외삼촌은 원하는 게 분명했지만 나는 내가 뭘 원하는지 모른다. 원하는 건 단 한 가지, 여기서 벗어나고 싶다는 것뿐이다.

목구멍까지 올라온 슬픈 감정을 꾹꾹 누르고 가까스로 물었다.

"그래서 삼촌은 지금 행복해?"

외삼촌은 진지하게 고개를 끄덕였다.

"더할 나위 없이."

우리는 잠시 동안 서로를 바라보며 서 있었다. 외삼촌은 정말로 행복해 보였다. 전에 봤던 사람과 얼굴은 똑같았지만, 표정이나 눈빛, 분위기는 전혀 달랐다. 표정만 보고도 더할 나위 없이 행복하다는 외삼촌의 말이 진실이라는 걸 알 수 있었다.

"자, 이제 갈 시간이야. 멋진 여성과 데이트가 있거든."

외삼촌이 돌아섰다. 이대로 떠나면 영영 외삼촌을 볼 수 없을 것만 같은 기분이 들었다. 잡아야 할 것 같았지만 잡을 수가 없었다.

"삼촌."

외삼촌이 페라리 문을 위로 젖혀 올리며 뒤돌아보았다.

"응?"

"삼촌."

목이 메어 아무 말도 나오지 않았다. 외삼촌이 부드럽게 웃었다.

"응?"

"축하해, 연구에 성공한 거."

"고마워, 조카."

"잘 가."

"응, 잘 있어."

외삼촌은 페라리 안으로 날렵하게 뛰어든 뒤 시동을 걸었다. 페라리는 소리도 내지 않고 거짓말처럼 빠르게 출발했다. 3초도 안 돼 내 눈앞에서 완전히 사라졌다.

외삼촌이 사라지자 꿈에서 깬 것처럼 주변 풍경들이 눈에 들어왔다. 그래, 이건 내 상상이 만들어 낸 착각일 뿐이야. 지금 내 처지가 너무 비참해서 헛것을 본 것뿐이야. 그렇게 생각하자 어리둥절했던 마음이 차분해졌다. 외삼촌은 눈앞에서 사라졌지만, 외삼촌이 남긴 말은 계속 떠올랐다. 그러니까 너도 희망을 가져. 너도 원하는 대로 살 수 있어, 원하는 대로 살 수 있어, 원하는 대로…….

그때 주머니에 있던 휴대폰에서 문자 메시지 알림음이 울렸다. 나는 깜짝 놀라 휴대폰을 얼른 꺼냈다.

어디야? 화장실 간 거 아니었어? 말도 없이 먼저 가기냐? 너, 반칙이다. 아무튼 잘 자라, 진드기.

김요정이다. 이건 뭐지? 가슴 한 번 만졌다고 내가 자기 남친이라도 되는 것처럼 관리를 하고 있는 건가? 어이가 없어 문자 메시지를 씹었다.

아무래도 내 다리는 내 의지와는 다르게 귀소 본능이 있나 보다. 나도 모르게 집 앞까지 와 버렸다. 그런데 어쩐 일인지 일층 가게에 불이 환하게 켜져 있었다. 엄마가 칼을 갈며 나를 기다리고 있는 중이겠지. 이대로 들어가서 순순히 목을 내놓을 용기가 도저히 나지 않았다. 벽에 붙어 서서 가게 불이 꺼지길 기다렸다. 하지만 10분이 지나도 불은 꺼지지 않았다. 이대로 밤을 샐 모양이다. 집을 눈앞에 두고도 못 들어가는 내 신세를 생각하니, 집과 나 사이의 간극이 지구와 토성의 거리처럼 멀게만 느껴졌다.

가게 안을 몰래 들여다보니, 엄마가 왔다 갔다 하는 게 보였다. 어휴. 한숨이 저절로 나왔다. 지금이라도 들어가서 차라리 무릎을 꿇을까. 내 안의 겁쟁이가 백기를 들고 항복하라는 신호를 자꾸만 보내왔다.

앗, 그런데 엄마가 누군가를 야단치고 있는 것 같았다. 잘 보이지 않았지만, 엄마 앞에 누가 앉아 있었다. 혹시 다른 세계에 있던 또 다른 내가 나타나 혼나고 있는 건가? 그렇다면 여기 있는 나는 뭐지? 아무래도 외삼촌 때문에 황당한 상상을 자꾸 하게 되는 것 같다. 정신 차려, 배진익. 머리를 콩콩 쥐어박았다. 아팠다. 나는 다시 심기일전해서 두 눈을 부릅뜨고 가게 안을 염탐했다.

엄마 앞에 한 남자가 앉아 있었다. 어디서 많이 본 얼굴이라고 생각했는데……. 뜻밖에도 외삼촌이었다. 불과 몇 분 전에 페라리를 타고 아랍 왕자처럼 내 앞에 슝 나타났던 외삼촌이, 긴 머리에 구질구질한 옷을 입고 처량하게 앉아 있는 것이 아닌가.

내가 꿈을 꾸고 있는 건가? 도대체 오늘 왜 이러지? 뺨을 때려 보고 손등을 꼬집어 봤지만, 아픈 것으로 봐서 분명히 꿈은 아니었다.

외삼촌은 평소답지 않게 얌전히 앉아 있었다. 외삼촌과 눈이 마주쳤다. '아직 들어오지 마.' 외삼촌이 눈으로 신호를 보냈다. 나는 재빨리 벽 쪽에 붙어 몸을 숨겼다.

잠시 후 엄마가 이층으로 올라가는 문을 열고 나갔다. 가게 안이 조용해졌다. 외삼촌이 가게 문을 열고 나에게 들어오라고 손짓했다.

"어떻게 된 거야?"

나는 다짜고짜 이렇게 물었다. 외삼촌은 어깨를 으쓱해 보였다.

"뭐가?"

"방금 전에 페라리 타고 왔었잖아. 머리는 또 언제 바꿨어? 옷은 그게 뭐야?"

외삼촌은 영문을 모르겠다는 얼굴로 고개를 갸우뚱거렸다.

"무슨 소리야? 내가? 언제?"

아, 오늘 내 상태가 왜 이러냐? 왔다 갔다 정신을 차릴 수가 없네. 아까 본 페라리와 외삼촌은 뭐지? 분명히 대화도 나눴는데?

"다른 차원으로 가는 방법을 찾았다면서 더할 나위 없이 행복하다며?"

외삼촌은 뭔가를 곰곰이 생각하더니, 이내 손가락을 탁 소리가 나게 튕겼다.

"아!"

외삼촌이 두 손으로 내 어깨를 덥석 잡았다. 외삼촌의 얼굴이 백열등을 100개쯤 켠 것처럼 확 밝아졌다. 두 눈은 놀랄 만큼 반짝거렸고, 입은 동굴 입구처럼 크게 벌어졌다.

"너, 분명히 내가 페라리 타고 온 거 봤다고 했지?"

나는 격하게 고개를 끄덕였다. 외삼촌은 내 어깨를 잡고 흔들었다.

"나, 다른 차원에 가는 거 성공한 거 같아. 우아, 내가 성공하다니!"

외삼촌은 기쁨의 눈물이라도 흘릴 것처럼 눈시울이 빨개졌다.

"고맙다, 내 조카. 이제 죽어도 여한이 없구나. 세상에!"

외삼촌이 나를 와락 껴안았다. 나는 숨이 막혀 컥컥댔다. 외삼촌 말대로라면 아까 내가 본 외삼촌은 다른 차원으로 간 외삼촌이다. 이런 일이 정말 가능한 걸까?

설사 그게 가능하다고 하더라도, 외삼촌은 지금 다시 구질구질한 이곳으로 돌아와 있다. 그런데도 다른 차원에서 원하는 대로 사는 게 이렇게 기뻐할 만한 일일까? 중요한 건 지금 현재잖아. 뭐가 뭔지 도무지 모르겠다. 아무튼 확실한 건 외삼촌 덕분에 내 목은 무사했다는 사실이다.

드디어 첫 공연

믿을 수 없지만 '우주로탈출프로젝트'의 첫 공연 일정이 잡혔다. 동기가 거만한 얼굴로 축제 때 전교생 앞에서 공연을 하게 됐다고 말했을 때, 우리는 믿을 수가 없어서 한동안 멍하니 있었다.

마침내 홍래가 비명인지 환호성인지 모를 요상한 감탄사를 내뱉었다.

"맙소사."

정말 '맙소사'였다. 우리가 이 벌레만도 못한 실력으로 전교생 앞에서 공연을 하게 되다니.

평소에는 말이 없는 황금동도 한 말씀 했다.

"틀림없이 전교생 앞에서 웃음거리가 될 거야."

김요정과 정다소는 과연 어느 쪽 말에 손을 들어 줘야 할지 모르겠다는 표정으로 동기와 아이들을 번갈아 바라보았다.

동기는 리더답게 자신만만한 얼굴로 말했다.

"축제 때까지는 3주나 남았으니까 열라 연습하면 돼. 누가 뭐라고 해도 우린 우리만의 음악을 하면 돼. 남들 신경 쓸 거 없어."

우리의 연주 실력이나 동기의 노래 실력은 그대로인 것 같은데, 김요정과 정다소의 안무 실력은 눈에 띌 정도로 늘었다. 무희들은 걸그룹처럼 짧은 원피스를 맞춰 입고 안무를 짜서 섹시하게 춤을 췄다.

그 춤은 우리 음악과는 전혀 어울리지 않았지만 어쨌든 보기에는 꽤 그럴듯했다. 이러다 우리 연주가 무희들의 배경이 될 것 같았다. 동기 역시 춤을 보고 난 뒤, 우리 팀에 무희를 넣은 건 신의 한 수라면서 자신의 업적을 자화자찬했다.

그렇게 연습에 매진하던 어느 날, 동기가 특별 담화를 발표했다.

"기뻐해라. 드디어 우리가 유명해졌다는 증거가 생겼어. 유명인이 되면 증권가 찌라시에서 헛소문을 퍼뜨리잖냐? 우리 무희 중 한 명에 대한 헛소문이 퍼지고 있다. 뭐, 말도 안 되는 헛소문이라 내 입에 담기도 민망해서 어떤 내용인지는 아닥하겠다. 아무튼 이게 다 우리가 유명해져서 그런 거니까 무희들, 특히 김요정은 자부심을 갖도록."

동기가 그윽한 시선으로 바라보자, 김요정은 수줍은 표정으로 고개를 숙였다.

헛소문은 나도 들었다. 김요정이 독수리 오자매의 일원이었고, 더구나 전국 연합 짱이었다는, 말도 안 되는 소문이었다. 김요정이 오자매 짱이었다니, 어이가 이마를 쳐서 웃음밖에 안 나왔다.

내가 아는 김요정은 그럴 만한 인물이 못 된다. 중학교 1학년 때부터 같이 과외를 해 봐서 안다. 몸은 어른처럼 글래머지만 정신 연령은 순 초딩이다. 벌레만 봐도 몇 분 동안이나 비명을 지르며 팔짝팔짝 뛰는 애가 김요정이란 인간이다. 김요정은 나를 놀려 먹는 고약한 취미가 있긴 하지만, 겁도 많고 마음도 약하다. 그런 애가 양아치 일진 독수리 오자매의 전국 연합 짱이었다는 소문이 사실이라면, 차라리 파리가 개다.

공연에서 연주할 곡은 모두 세 곡이었다. 첫 번째 곡은 〈세상 모든 하찮은 것들에게 바치는 찬가〉, 두 번째 곡은 동기가 우리나라의 모든 중딩들을 위로하기 위해 만들었다는 〈이 세상 모든 중딩들을 위한 세레나데〉, 세 번째 곡은 역시 동기가 세계 평화를 기원하는 마음으로 만들었다는 〈세계 평화는 인류가 지향하는 가장 이상적인 목표다〉라는 곡이다. 세 곡의 공통점은 길고 지루한 제목과 함께 모두 '솔'로 시작해서 '솔'로 끝난다는 거다.

우리는 열심히 연습을 했다. 밥을 먹으면서도 내 손은 철가방을 탁탁타악탁탁 두드렸고, 잠을 자면서도 내 두 발은 쿵쿵따쿵쿵따 박자를 맞췄다. 동기는 우리 실력이 날로 일취월장하고 있다고 대견해했다. 하긴 뭐, 나 역시 뭔가에 이렇게 열중해 본 건 머리털 나고 처음이었다.

드디어 축제 날 아침이 밝았다. 경건한 마음으로 잠자리에서 일어나 학교로 갔다. 학교는 축제 분위기로 어수선했다. 모두가 한껏 들떠 있는 것 같았다. 그 틈을 타서 학교를 몰래 빠져나가는 무리들도 있었지만, 선생님들도 행사 준비로 정신이 없던 터라 오늘만큼은 눈감아 주었다.

강당에 전교생이 모이고 축제가 시작되었다. 몸이 공중에 붕 떠 있는 것처럼 몽롱한 상태로 무대 위에 올라갔다. 강당을 가득 채운 아이들이 한눈에 들어왔다. 긴장감으로 목구멍이 빽빽해졌다. 악기 세팅이 끝나자 맨 앞에는 동기가, 그 뒤에는 무희들이, 제일 뒤에는 연주자들이 자리를 잡았다.

"와아."

아이들이 비웃음인지 환호성인지 모를 괴상한 소리를 질러 댔다.

동기가 신호를 보냈다. 그 신호에 맞춰 연주가 시작되었다. 홍래의 젬베와 금동이의 기타, 내 철가방 소리가 절묘하게 하모니를 이루며 강당 안으로 울려 퍼졌다.

무희들이 춤을 추기 시작했고, 전주가 끝나자마자 동기가 노래를 불렀다. 조용하던 강당이 갑자기 웃음소리로 가득 찼다. 웃음소리 때문에 우리의 연주 소리가 안 들릴 정도였다.

아이들이 휴대폰을 꺼내 사진을 찍어 댔다. 정면으로 보이는 통로에서는 방송반 아이들이 캠코더로 우리의 공연을 녹화하고 있었다. 웃음소리 때문에 처음에는 전열이 흐트러졌지만, 오랜 연습 과정에서 익힌 감으로 꿋꿋이 연주를 했다.

"벌레벌레벌레벌레, 바퀴벌레, 쥐며느리, 공벌레, 노래기, 무당벌레, 폭탄먼지벌레, 참넓적사슴벌레, 개똥벌레, 큰빗이끼벌레, 벌레벌레벌레벌레벌레벌레."

노래가 계속될수록 웃음소리는 더 커졌다. 무대 앞쪽으로 우르르 몰려나와 미친 듯이 사진을 찍어 대는 아이들도 있었다.

세 곡을 연주하는 동안, 내 몸에서는 아드레날린이 마구 분출됐다. 내 몸은 내가 두드리는 철가방의 음률에 따라 낱낱이 분해되어 천장, 바닥, 벽에 튕겨졌다가 다시 나노 입자 형태로 방방 뛰고 있는 아이들에게 가 닿았다. 그리하여 내 몸은 아이들이 내지르는 함성과 합쳐져 완벽한 음악이 됐다. 연주자와 관객이 하나가 된다는 말이 뭔지 알 것 같았다.

연주를 하며 결심했다. 이제부터 진짜 내 장래 희망대로 살기로. 지금까지는 동구반점 3대 주인이 되는 게 내 장래 희망이었다. 아니, 그건 내가 원한 게 아니라 억지로 굴레처럼 씌워진 강제 희망이었다. 그건 진짜가 아니라 가짜였다. 나는 가짜로 평생을 살아야 하는 운명을 타고 태어났다. 지금까지는 그랬다.

하지만 조금 전, 나는 진짜가 되기로 결심했다. 중국집 주인 말고 음악인 말이다. 지금은 비록 찌그러진 철가방을 두드리고 있지만 정식 악기를 배워 음악인의 길을 가야겠다. 뭐가 좋을까? 기타? 건반? 드럼?

아, 그래 드럼이 좋겠다. 동기도 나한테 두드리는 거 하나는 소질이 있다고 칭찬해 주었다. 그래, 드럼을 배워야겠어. 목표가 생기자 더 신이 났다. 철가방도 내 결심을 지지하는지 신나게 울렸다.

공연은 절정을 향해 치달았다. 동기는 목이 찢어져라 노래를 하고, 무희들은 무아지경이 되어 춤을 추었으며, 연주자들은 혼신의 힘을 다해 연주했다.

일단 공연은 대성공이었다. 박수와 함성은 공연이 끝난 다음에도 계속 이어졌고, 끊임없이 "앙코르!" 소리가 들려왔다. 천리안을 가진 동기는 분명히 앙코르가 나올 거라면서 다섯 곡이나 준비했다. 하지만 시간 관계상 한 곡만 더 연주하고 무대에서 내려왔다.

공연을 마친 '우주로탈출프로젝트' 멤버들은 대기실 의자에 빨래처럼 널브러졌다. 어느 누구도 먼저 입을 열지 않았다. 자기들만의 깊은 세계에 빠져 있었다. 나도 그랬다. 벅찬 감흥 이상의 그 무엇, 터질 듯한 환희 이상의 그 무엇, 그보다 더 짙게 밀려오는 허탈감 이상의 그 무엇. 이런 이상한 기분은 태어나서 처음이었다. 기분이 멜랑콜리해졌다.

마침내 동기가 입을 열었다.

"난 너희가 자랑스럽다. 이제 우린 음악으로 맺어진 형제다. 자, 파이팅을 하자."

형제들이 좀비처럼 동기 주위로 모였다. 자매들도 상기된 얼굴로 다가왔다. 우리 형제자매들은 다 같이 손을 포개 파이팅을 외쳤다.

동기가 선창을 했다.

"이 세상의 그 무엇도 우리를 갈라놓지 못한다. 우리는 하나."

나머지 형제자매들이 따라 했다.

"우리는 하나."

축제가 끝나고 회식을 했다. 회식은 전에 없이 요란뻑적지근했다. 1차 분식집, 2차 노래방. 노래방에서는 동기가 가방 가득 넣어 가지고 온 캔 맥주도 마셨다. 술에 취하자 다들 제정신이 아니었다. 이대로 시간이 멈춰 버려도 아무런 아쉬움이 없는, 그런 시간이었다.

이상한 소문

축제가 끝나고 아직 그날의 여운이 채 가시기도 전에, 학교 안에 김요정에 대한 소문이 떠돌기 시작했다. 전에도 김요정에 관한 소문이 있었지만 이번에는 꽤 구체적이었다.

방송반에서 녹화한 우리의 공연 실황을 누가 유튜브에 올렸다. 유튜브에 올려 봤자 보는 사람들은 뻔해서 조회 수를 별로 기대하지 않았다. 그런데 공연 실황은 폭발적인 인기를 끌었다. SNS를 타고 불길처럼 번져 조회 수가 순식간에 십만을 찍었고, 하루에도 수천 건씩 기록을 갱신했다. 이제 학교에 가면 모르는 아이들도 나를 알아보고는 키득거렸다. "야, 저기 철가방이다." 하는 소리도 심심치 않게 들었다. 뒤에서 철가방을 두드렸기에 이 정도지, 동기의 인기는 거의 연예인급이었다.

무희들의 인기는 동기보다 더 높았다. 짙은 화장을 하고 짧은 원피스에 하이힐을 신고 섹시한 춤을 추던 두 명의 무희들은 단번에 벼락스타가 됐다. 그런데 김요정은 이상한 소문 때문에 더 유명해졌다. 김요정이 바로 '검은 하트'라는 소문이었다. 유명 연예인들이 카더라 통신에 희생양이 된다는 소리는 들어 봤어도, 김요정이 그 카더라 통신의 희생양이 될 줄은 몰랐다.

검은 하트가 누군가? 날아가던 새도 무서워서 벌벌 떤다는 바로 그 전설의 일진 짱 아닌가? 소문에 어두운 나도 알고 있으니 아마 내 또래 중딩들치고 검은 하트를 모르는 애는 거의 없을 거다. 검은 하트는 서울에 있는 우리 학교에까지 이름을 떨칠 정도로 유명했다. 0.1톤에 가까운 우람한 몸에 웬만한 남자애는 주먹 한 방에 거뜬히 쓰러트릴 만큼 싸움을 잘하고, 얼굴만 봐도 오금이 저릴 정도로 카리스마가 장난이 아니라고 했다. 중학생은 물론 고등학생들도 검은 하트 앞에서는 벌벌 떨 정도로 악명이 높았다.

검은 하트라는 별명은 그 애가 허벅지 안쪽에 칼로 하트를 새겨 넣은 칼빵이 있다고 해서 붙여진 것이었다. 전국의 '독수리 오자매' 짱들이 모인 연합회에서 검은 하트는 직접 커터 칼로 허벅지의 살을 파서 하트를 만들고, 거기에 먹물을 쏟아 검은 하트의 표식을 새겼다고 한다. 얼굴색 하나 안 변하고, 심지어는 서늘한 미소까지 띤 채 자기 손으로 허벅지 살을 도려내 하트를 새기는 그 광경은 주위에 있던 모든 짱들의 간담을 서늘하게 만들었다고 한다. 그 일로 인해 각 지역 짱들은 만장일치로 검은 하트를 전국 일진 연합 짱으로 선출했다고 들었다.

검은 하트가 초등학교를 졸업할 무렵, 내로라하는 중학생 일진들이 검은 하트를 자기네 일진으로 끌어들이려고 갖은 노력을 기울였지만 모두 헛수고였다고 한다. 검은 하트가 어떤 일진 그룹에도 들어가지 않고 모두의 눈앞에서 사라졌기 때문이다. 떠도는 소문으로는 이사를 간 뒤 신분 세탁을 해서 평범하게 학교에 잘 다니고 있다고 했다. 내가 들은 검은 하트에 대한 소문은 거기까지였다. 그런데 그 검은 하트가 바로 김요정이라는 것이다.

인터넷에는 검은 하트와 김요정이 동일인이라는, 과학적으로 분석까지 한 글도 올라왔다. 흐릿하게 찍힌 초딩 때의 검은 하트와 공연 때 짙은 화장을 하고 춤을 추던 김요정의 사진을 대조해 가며 일일이 비교 분석을 한 글이었다.

나도 인터넷에서 그 사진과 글을 봤다. 하지만 도저히 동일인이라고 믿을 수 없었다. 일단 초딩 때의 검은 하트는 몸이 어마어마하게 뚱뚱했다. 키는 적어도 170센티미터는 돼 보였고 표정도 험상궂었다. 경기 직전에 상대의 기를 누르기 위해 인상을 잔뜩 쓰고 있는 스모 선수 같았다. 전국 일진 연합 짱의 면모가 드러나는 오싹한 외모였달까…….

하지만 김요정은 어떤가? 큰 키에 글래머러스한 몸매, 싱글싱글 웃는 얼굴, 예쁘다고는 할 수 없지만 상당히 귀염성 있는 외모다. 눈 모양도 다르다. 검은 하트는 쌍꺼풀이 없는 작은 눈에 시꺼먼 아이라인을 떡칠해서 괴물처럼 보였는데, 김요정의 눈은 쌍꺼풀도 있고 무엇보다 검은 하트보다 두 배는 더 크다. 검은 하트의 사진을 확대해서 봐도 김요정과는 많이 달랐다. 검은 하트와 김요정의 공통점이 있다면 바로 나이보다 성숙해 보이는 외모뿐이었다. 검은 하트는 도저히 초등학생으로 안 보였고, 김요정은 도저히 중학생으로 안 보였다.

무엇보다도 확실한 증거는, 김요정은 칼로 자기 허벅지 살을 도려낼 만큼 무지막지하게 잔인한 인간이 아니라는 점이다. 잔인한 일진짱보다는 정의로운 겁쟁이라고 보는 게 더 맞을 거다. 그렇게 생각하게 된 데에는 다 그럴 만한 이유가 있었다.

사실 나에게는 김요정과 관련해서 무덤까지 가져가기로 결심한 비밀이 하나 있다. 몇 달 전의 일이다. 과외가 끝나고 혼자 집으로 가는 길이었는데, 골목 어귀에서 뭔가에 걸려 사정없이 넘어지고 말았다. 그냥 곱게 넘어진 게 아니라 몸이 공중에 붕 뜰 만큼 강력한 충격을 받고 나가떨어졌다.

정신을 차리고 몸을 일으켰을 때, 눈앞에는 놀랍게도 다섯 명의 자매들이 서 있었다. '독수리 오자매'였다. 그중 한 명이 나에게 발을 건 것이다. 순간 동기가 이 골목에서 삥을 뜯기고 있던 장면이 떠올랐다. 드디어 나에게도 올 것이 왔구나, 싶었다.

"앞을 보고 다녀야지, 오빠."

키가 제일 작고 눈이 뱀처럼 찢어진 자매가 말했다. 내가 가지고 있던 돈이 얼마나 되더라? 속으로 그것부터 계산했다.

이번에는 키가 제일 큰 자매가 내 앞에 바싹 다가와 오른손으로 내 턱을 쓱 잡더니 귀여워 죽겠다는 얼굴로 말했다.

"진짜 귀엽게 생겼네. 오빠 몇 살?"

우리 학교 남자애들치고 독수리 오자매한테 삥 한 번 안 뜯긴 아이들이 없다더니, 이번에는 내 차례인가? 오자매에게 걸리면 무조건 자진 납세를 하는 게 한 대라도 덜 맞는 비결이라는 소문을 들어서 재빨리 주머니부터 뒤졌다. 꼬깃꼬깃하게 접혀 있던 지폐와 동전이 나왔다. 전 재산을 오자매 앞으로 내밀었다. 머리를 노랗게 물들인 자매가 내 손을 내려다보더니 험상궂은 얼굴로 말했다.

"이게 다야?"

나는 정말 그렇다는 걸 강조하기 위해 비굴해 보일 만큼 가련한 얼굴로 고개를 세차게 끄덕였다. 세 번째 자매와 네 번째 자매가 비웃는 얼굴로 나를 노려보았다. 비상금이라도 있으면 탈탈 털어서 납세하고 빨리 이곳을 빠져나가고만 싶었다. 하지만 빤스 속에도 비상금은 없었다.

"좀 고전적인 방법이긴 하지만, 만약 뒤져서 나오면 천 원에 한 대. 오케이?"

첫 번째 자매가 여전히 싱글싱글 웃으며 말했다. 초딩답지 않은 언어를 구사한다고 생각하고 있었는데, 두 번째 자매가 말했다.

"바쁘니까 빨리 끝내자."

그리고 두 자매를 제외한 나머지 자매들이 내 몸을 뒤지려고 덤벼드는 바로 그 순간.

"잠깐!"

다섯 자매가 일제히 소리 나는 쪽으로 돌아보았다. 놀랍게도 그곳에는 김요정이 서 있었다. 다섯 자매는 김요정이 혼자인 것을 알아차리고는 다 같이 피식 웃었다. 재는 왜 이 험한 골목에 나타난 거야? 나는 오돌오돌 떨며 김요정에게 눈으로 말했다. '빨리 도망쳐. 빨리.' 하지만 김요정은 내 눈길을 외면한 채 오자매 앞으로 당당하게 걸어왔다. 김요정이 오자매를 위아래로 쭉 훑어봤다.

"뭔데?"

오자매는 전혀 겁먹지 않았다. 괜히 '독수리 오자매'가 아니다.

"언니는 가던 길 가셔."

제일 큰 자매가 김요정을 위아래로 흘겨보며 옆으로 비켜섰다. 네 자매가 벽 쪽으로 바짝 붙어 서서 길을 터 줬다.

'김요정, 넌 빨리 가던 길 가. 네가 끼어들 데가 아니란 말야. 빨리 가, 제발.' 또다시 애원의 눈길을 보냈지만 김요정은 나를 거들떠보지도 않고 오자매에게 말했다.

"좋은 말로 할 때 봐주지?"

첫 번째 자매가 어이없다는 표정으로 말했다.

"남 일에 뭔 상관이래?"

"남 일?"

"그래, 남 일."

"쟤, 내 남친이거든?"

오자매는 배를 잡고 웃었다. 어찌나 감칠맛 나게 웃던지, 하마터면 나도 따라 웃을 뻔했다. 한참을 웃던 첫 번째 자매가 갑자기 정색을 하자, 나머지 네 자매도 웃음을 뚝 그쳤다. 남친이라고? 생각해 보니 어이가 없었다. 하지만 그때는 그걸 따질 겨를이 없었다.

첫 번째 자매가 김요정을 노려보며 말했다.

"언니는 봐주려 했는데 안 되겠네."

두 번째 자매가 손짓을 하자 네 자매가 김요정을 에워쌌다.

'큰일이다. 아, 어떡하지?'

김요정을 구해 줘야 한다고 생각했지만, 마음뿐이었다. 내 허약한 몸으로는 막내 자매 한 명도 처리하지 못할 게 뻔했다. 그때였다. 김요정이 나를 돌아보더니 빨리 도망가라는 신호를 보냈다. 안 돼. 널 두고 나 혼자만 갈 수 없어. 그런 눈빛으로 고개를 저었다.

김요정이 등 뒤에 있는 나에게 말했다.

"좋은 말로 할 때 빨리 토껴라, 응?"

아, 그 말투는 어딘지 모르게 독수리 오자매와 많이 비슷했다. 평소의 장난기 가득한 김요정의 말투가 아니었다. 김요정은 양팔을 벌려 독수리 오자매를 막았고, 나는 슬슬 뒷걸음질을 쳤다. 그리고 그 순간, 평생 후회할 비겁한 행동을 저지르고야 말았다. 내 의지와는 상관없이 내 발이 달리기 시작했던 것이다. 젖 먹던 힘까지 다해, 잡히면 죽는다는 심정으로 달렸다. 다행히 아무도 나를 쫓아오지 않았다. 골목을 벗어나 사람들이 많은 대로까지 도망쳐 나왔을 때에야 비로소 내가 어떤 짓을 했는지 실감할 수 있었다.

'찌질한 인간, 쓰레기 같은 인간, 혼자만 살겠다고 여자를 적지에 두고 도망친 비겁한 인간, 김요정이 잘못되면 다 네 책임이다, 뭐하고 있어? 당장 김요정을 구하러 가지 않고. 아냐, 설마 무슨 일이야 있겠어? 쟤들은 초딩이고 김요정은 중학생인데. 키도 김요정이 머리 두 개쯤 큰데. 아냐, 그래도 상대는 다섯 명이고 독수리 오자매야. 걸리면 어른도 무사하지 못할 강적들이라고. 빨리 가서 김요정을 구해!'

마음은 그렇게 아우성을 치는데 도무지 발이 말을 들어 먹지 않았다. 그래도 겨우 다리를 움직여 골목 안으로 걸어가고 있는데, 저 앞에서 김요정이 걸어 나오는 게 아닌가. 다친 것 같지도 않았고 겁을 먹은 것 같지도 않았지만, 뭔지 모르게 굉장히 허탈한 표정이었다. 김요정은 나를 보더니 고개를 홱 돌렸다. 쌩하고 찬바람이 불었다. 미안하고 어색하고 창피했지만 뻔뻔스럽게 물었다.

"어떻게 됐냐?"

그제야 김요정이 내 얼굴을 똑바로 바라봤다. 그 얼굴을 평생 잊을 수 없을 거다. 가련한 사람을 동정하는 듯 연민이 가득한 그 눈빛. 비겁한 나 자신에게 화가 나서 견딜 수가 없었다. 벽에 머리라도 찧고 싶었다. 김요정은 말없이 내 옆을 지나갔다. 큰길 쪽으로 걸어가는 김요정의 뒷모습은 뭐랄까……, 악을 응징하고 석양을 향해 걸어가는 슈퍼맨 같았다.

그날 이후, 우리는 그때의 일에 대해서는 서로가 침묵했다. 하지만 내 마음속 깊은 곳에는 김요정에게 부채감 같은 것이 남아 있었다. 머릿속에서 지우개로 싹싹 지웠다고 생각했는데, 그날 일이 불현듯이 떠올랐다. 그때는 막연히 김요정이 독수리 오자매에게 돈을 주고 풀려났을 거라고만 생각했다. 그런데 지금 생각해 보니, 이상한 점이 있었다. 그 뒤부터 독수리 오자매가 보이지 않았던 것이다.

나야 뭐, 이제 그 골목으로 다니지 않아서 독수리 오자매와 마주칠 일은 없었지만, 그 후로 누구에게서도 독수리 오자매에게 삥을 뜯겼다는 얘기는 듣지 못했다. 그 일이 생각나자 혹시 김요정이 독수리 오자매와 어떤 연관이 있지 않을까, 하는 의구심이 들었다. 아냐, 그럴 리가 없어. 그럴 리가. 그런 상상을 한 나 자신이 또다시 미워지기 시작했다.

쉬는 시간마다 구경꾼들이 김요정을 보기 위해 우리 교실로 몰려왔다. 그중에는 1학년과 3학년도 있었다. 구경꾼들의 눈빛은 우리 멤버들을 볼 때와는 사뭇 달랐다. 당사자는 보여 주고 싶은 마음이 전혀 없는데, 너의 몸속까지 샅샅이 보고야 말겠다는 살쾡이 같은 눈빛이었다.

인터넷에는 검은 하트와 김요정을 비교하는 게시물이 자가 복제되어 기하급수적으로 퍼졌고, 수많은 악플들이 달렸다. 차마 눈 뜨고는 볼 수 없는 욕설과 저주의 댓글들이 달렸다. 이 상황을 도저히 이해할 수 없었다. 더 이해할 수 없는 건 김요정의 태도였다. 자기는 검은 하트가 아니라고 길길이 날뛰어야 하는데, 어떤 변명도 하지 않았다. 하루 종일 재잘거리고 웃고 장난치던 모습은 온데간데없고, 잔뜩 주눅 들어 움츠러든 모습으로 다녔다. 교실에서는 대부분 책상에 엎드려 있었다. 김요정의 친구들도 다 멀어졌다. 화장실이나 식당에 갈 때 늘 함께 우르르 몰려다니던 무리들이 다 떨어져 나갔고, 김요정 혼자만 덩그러니 남았다.

그런 김요정의 행동은 불에 끼얹는 기름처럼 소문에 더 힘을 실어 주었다. 이제 아이들은 대놓고 김요정을 '검은 하트'라고 불렀고, 노골적으로 적의에 찬 눈빛을 보냈다.

심지어는 선생님들도 그 불길에 가세를 했다. 한 번도 출석을 부른 적이 없었던 선생님들이 출석을 부르기 시작했다. 김요정을 부를 때는 출석부에서 고개를 들어 김요정을 뚫어져라 쳐다보았다. 그럴 때의 선생님들 눈빛은 김요정을 힐끔거리던 아이들의 눈빛과 크게 다를 게 없었다.

긴급! 오늘 오후 5시 아지트로 모일 것. 한 명도 빠짐없이 전원 참석 바람.

'우주로탈출프로젝트' 멤버들에게 소집 명령이 내려졌다. 첫 공연을 성공적으로 마친 뒤, 당분간은 연습이 없다고 해서 그런 줄 알고 있었는데 갑자기 긴급 공지가 휴대폰 메시지로 왔다.

아지트에 멤버들이 모두 모였다. 소집 이유를 짐작하고 온 듯, 다들 표정이 비장했다. 김요정은 아이들이 다 모인 다음 마지막으로 들어왔다. 어둡고 침울한 얼굴이었다.

동기는 리더답게 담담하고도 결연한 표정으로 연설 비슷한 것을 하기 시작했다.

"나는 초등학교 6학년 때 평생 음악인으로 살겠다고 결심했다. 그럼 음악인은 어때야 하나? 순수해야 한다. 그럼 순수한 건 뭐냐? 나에게 순수함이란, 바로 어떤 고난이나 고통이나 어려움이 닥쳐와도 절대 내 영혼을 돈 받고 팔지 않는 거다. 적어도 돈 몇 푼에 영혼을 파는 더러운 양아치는 되지 말자는 거다."

동기는 그 말을 하며 김요정을 바라보았다. 아이들도 일제히 김요정을 쳐다보았다. 김요정은 고개를 숙인 채 묵묵히 앉아 있었다.

동기가 계속 말했다.

"며칠 전, 우리는 성공적인 데뷔 무대를 가졌다. 공연은 내 기대 이상, 아니 그보다 훨씬 더 만족스러웠다. 무대 위에서 난 다시 한 번 결심을 다졌다. 절대로 돈 몇 푼에 내 영혼을 팔지 말자는 결심 말이다."

자, 이제 연설은 그만하면 됐고 본론으로 들어가 보시지. 우리가 너의 예술관 따위를 듣자고 이 귀한 시간에 여기 모인 건 아니지 않나? 표정을 보니 다들 나와 같은 마음인 것 같았다.

우리의 마음을 읽었는지 동기가 본론으로 들어갔다.

"너희도 최근 우리 학교에, 아니 인터넷상에서 떠도는 핫이슈를 알고 있을 것이다. 불행하게도 그 소문의 주인공이 바로 우리 멤버 중에 있다."

김요정과 같이 춤을 추던 정다소는 경멸에 가득 찬 시선을 김요정에게 보냈고, 박홍래와 황금동은 경멸보다는 호기심 어린 시선으로 김요정을 힐끔거렸다.

"그래, 툭 까놓고 말하지. 김요정이 검은 하트라는 소문이 돌고 있다. 난 우리 김요정이 검은 하트라고는 절대로 믿지 않는다. 그런 소문이 도는 것 자체가 김요정에게는 상당히 불쾌하고 기분 나쁠 것이다. 우리 안에서라도 제대로 된 해명을 하고 넘어가야 할 것 같아서 이 자리를 마련했다. 김요정, 우린 네가 검은 하트가 아니라는 사실을 네 입으로 듣고 싶다. 그렇다면 세상 모든 사람들이 너를 검은 하트라고 믿어도 우린 그 말을 믿지 않을 거다. 그렇지, 여러분?"

동기가 동의를 구하듯 우리를 둘러보았다. 황금동이 격렬하게 고개를 끄덕였다. 정다소와 박홍래는 말없이 김요정을 뚫어져라 바라보았다.

동기가 김요정을 향해 의자를 돌려 앉았다. 의자나 탁자에 앉아 있던 아이들도 일제히 그쪽으로 몸을 틀었다. 그러니까 김요정을 앞에 두고 모두가 그쪽을 바라보는 구도가 되었다. 나도 얼떨결에 김요정 쪽으로 몸을 틀었다. 김요정은 여전히 고개를 숙인 채 말이 없었다.

어둡고 냄새나고 습한 지하실 안에 끈적끈적한 침묵이 가득했다. 어서 말해. 네가 검은 하트가 아니라고. 나도 모르게 마음속으로 그렇게 외치고 있었다. 침이 꼴깍 넘어가는 소리가 들렸다. 비염이 있는 박홍래가 거칠게 숨을 쌕쌕 쉬었고, 정다소는 발끝으로 탁자 다리를 톡톡 쳤다. 그 모든 소리가 합쳐져서 지하실에는 무거운 기운이 감돌았다.

김요정은 여전히 아무 말도 하지 않았다. 동기와 멤버들은 끈기 있게 기다렸다. 가끔씩 정다소와 황금동이 시계를 보며 무언의 압력을 보냈지만, 김요정은 끝내 아무 말이 없었다.

기다리다 못해 동기가 입을 열었다.

"뭐냐, 그 침묵의 의미는? 설마 네가 검은 하트라는 것을 인정한다는 뜻은 아니겠지?"

김요정은 여전히 말이 없었다.

마침내 정다소가 탁자에서 발딱 뛰어내리더니, 신경질적인 목소리로 말했다.

"나, 학원 가야 돼."

눈치를 보고 있던 박홍래도 따라 일어났다. 뒤이어 동기도 자리에서 일어났다. 나도 왠지 그래야 할 것 같은 분위기라서 덩달아 일어났다. 황금동은 안타까운 눈빛으로 김요정을 바라보며 그대로 앉아 있었다.

동기가 김요정 앞으로 걸어가더니 위협하듯이 말했다.

"마지막으로 기회를 주겠어. 말해."

내가 만약 저 자리에 앉아 있었으면 어땠을까? 참을 수 없는 모욕과 수치를 느꼈을 것 같다. 불과 며칠 전까지만 해도 이 세상 그 무엇도 우리를 갈라놓지 못한다고, 우리는 하나라고 도원결의를 외치던 동기가 이제 한 식구를 구석에 몰아넣고 토끼몰이를 하고 있는 것이다. 주먹이 부르르 떨렸다.

"너무하는 거 아냐?"

모두들 이번에는 내 쪽으로 고개를 틀었다. 갑자기 아이들의 주목을 받자 기절할 것처럼 정신이 혼미해졌다.

동기가 잡아먹을 듯이 나를 노려보았다.

"뭐가?"

"그렇게 몰아붙이면 없는 죄도 고백하겠다. 사실도 아닌 헛소문으로 사람을 그렇게 궁지로 몰아넣는 법이 어딨냐?"

정다소가 휴대폰을 흔들어 보이며 말했다.

"인터넷 검색하면 확실한 증거가 수두룩한데 헛소문이라니? 글고 제삼자는 빠지시지."

동기도 맞장구를 쳤다.

"그래서 지금 본인한테 확인하는 거잖아."

그때였다. 김요정이 의자에서 일어나더니 기어 들어가는 목소리로 말했다.

"그만해. 나, 이 팀에서 나갈게. 내가 할 말은 그것뿐이야."

김요정은 그 말을 끝으로 출입구를 향해 뚜벅뚜벅 걸어갔다. 아이들은 김요정의 뒷모습을 멍하니 바라보았다. 동기가 김요정의 등에 대고 고래고래 소리쳤다.

“너 이대로 지금 나가면, 검은 하트라는 사실을 인정하는 것으로 알겠어. 그래도 되겠냐?”

김요정은 긍정도 부정도 하지 않고 잠깐 걸음을 멈췄다가 그대로 지하실에서 나가 버렸다. 동기는 닫힌 지하실 출입문을 향해 악에 받쳐 소리쳤다.

“앞으로 절대로 이 팀에 들어올 생각하지 마. 이제 끝이야, 끝.”

끝이라는 말이 밀폐된 지하실 안에 가득 차서 웅웅거리는 메아리로 울렸다. 끝. 끝. 끝. 그 말은 내 마음속에서도 오래도록 메아리쳤다.

쥐포, 오포

한 달에 두 번 쉬는 공휴일. 집 안은 시한폭탄을 장착해 놓은 것 같은 불안과 공포로 가득 차 있었었다. 다 나 때문이다. 아니, 내 성적 때문이다. 엄마는 내 성적표를 받고 요즘 초저기압이다. 내 수학 점수는 지난번 중간고사보다 더 떨어졌다. 이미 혼날 만큼 혼났고, 잔소리도 들을 만큼 들었다. 이런 날에는 엄마 눈에 띄지 않는 게 상책이다.

밖에서 엄마가 쉴 새 없이 아빠를 들들 볶는 소리가 들려왔다. 나는 방에 틀어박혀 하루 종일 인터넷 검색을 했다. 유튜브에 올라와 있는 학교 축제 영상을 수십 번이나 보고 또 봤다. 검은 하트와 김요정을 비교해 놓은 사진도 꼼꼼히 몇 번이나 다시 봤다.

김요정이 동기의 추궁에 긍정도 부정도 하지 않은 그날 이후, 멤버들은 김요정이 검은 하트라고 인정하는 분위기였다. 황금동을 제외

하고는 김요정에 대해서 입에 담을 수 없는 저주의 말들을 마구 쏟아 냈다. 황금동은 그래도 확실히 더 알아봐야 하는 거 아니냐고 유보적인 입장을 취했다. 잠시나마 김요정에게 마음이 가 있었던 탓이겠지.

김요정은 과외도 끊었다. 매번 내 앞에서 삐딱한 자세로 앉아 야한 농담이나 해 댈 때는 끔찍하게 싫었지만, 막상 그 자리가 비어 있으니까 왠지 모르게 허전했다. 김요정이 없으니 공부에 흥미마저 사라졌다. 그러니까 내 수학 성적이 떨어진 건 다 김요정 때문이다, 라고 생각하다가 깜짝 놀랐다. 그렇게 핑계를 대는 건 엄마 스타일이다. 그래, 깔끔하게 인정하자. 다 내가 공부를 안 한 탓이다.

학교 홈페이지 자유 게시판에 올라온 검은 하트와 김요정을 비교한 사진에는 익명의 댓글들이 수없이 달렸다. 댓글을 읽고 있는 중에도 계속 댓글들이 올라왔다. 세상에 있는 저주란 저주는 모두 다 담고 있는, 읽기만 해도 온몸이 바늘로 찔리는 듯한 느낌이 드는 무시무시한 악플이었다.

왜 사냐고, 차라리 지금 당장 옥상에서 뛰어내리라는 내용은 차라리 애교에 가까웠다. 원색적인 비난은 물론이고, 노골적으로 성희롱을 하는 내용도 많았고, 평생 들어 보지도 못했던 욕설도 많았다. 아직 어린 학생이니까 용서해 주자는 선플도 가뭄에 콩 나듯 드문드문 있었지만, 그런 선플마저도 무시무시한 악플 공격을 당하고는 순식간에 뒤로 밀려났다.

처음에 김요정이 검은 하트라는 소문이 돌았을 때는 어처구니가 없어서 웃음이 나왔다. 그러다 구체적인 증거들이 인터넷에 떠돌면서 학교 전체가 김요정을 검은 하트로 단정 짓고 집단으로 따돌리기 시작했을 때도 나는 믿지 않았다. 문제는 아이들한테 있는 게 아니라 김요정한테 있다고 생각했다. 왜 떳떳이 밝히지 못하는 거지? 침묵은 금이라지만, 김요정의 침묵은 금이 아니라 똥 덩어리였다.

김요정하고 관계된 일만 아니었다면, 나도 다른 아이들처럼 온갖 저주의 말들을 자판 위에 찍어 댔을 거다. 하지만 상대는 김요정이다. 김요정이 나한테 뭐지? 한때는 제발 내 앞에서 사라져 줬으면 했던 귀찮은 존재였다. 그런데 지금은? 모르겠다. 김요정을 내 여자 친구로 생각해 본 적은 없지만, 그렇다고 나하고 전혀 상관없는 사이라고 생각해 본 적도 없다. 이런 관계를 어떻게 정의 내려야 할지 모르겠지만, 아무튼 꽤나 신경 쓰이는 존재인 것만은 분명하다.

댓글들을 읽어 내려가노라니 너무나 괴로워서 미칠 것만 같았다. 수많은 악플들이 내 심장을 찌르는 것만 같아 실제로도 몸에 통증이 느껴질 정도였다. 더 보고 있으면 정신 건강에 해로울 것 같아 컴퓨터를 껐다. 침대에 누웠지만 금방 다시 일어나 컴퓨터를 켜고 그사이에 달린 악플들을 모조리 찾아 읽었다. 뭐지? 나, 고통을 즐기는 변태인가?

검은 하트 관련 포스팅을 읽다가 어느 블로그에서 어이없는 글을 발견했다. 검은 하트가 사실은 남자인데 성전환 수술을 하고 얼굴을 싹 뜯어 고쳐 여자가 됐다는 말도 안 되는 내용이었다. 그 포스팅 밑에는 댓글이 수십 개가 달렸다. 처음에는 믿지 못하겠다는 내용의 댓글들이 많았는데, 아래로 갈수록 어쩐지 남자 포스였다며 여자라면 도저히 그런 배짱이 없다는 내용의 댓글이 달렸다. 그 밑에는 '검은 하트 남자설ㅋㅋㅋ'이라는 댓글이 달렸다. 참다못해 나도 댓글을 달았다.

↳ 무슨 근거로 이런 말을 하나요? 검은 하트는 여자 맞거든요?

내 댓글 밑에 금세 다른 댓글이 달렸다.

↳ 님이 그걸 어떻게 아나요?

다른 건 몰라도 그건 확실하다. 성전환 수술을 했다면 가슴도 수술했을 텐데 내가 봤을 때 김요정 가슴은 자연산이었다. 하마터면 "가슴을 만져 봐서 알아요." 하고 칠 뻔했다.

↳ 그럼 님은 초딩이 성전환 수술을 할 수 있다고 믿나요?

↳ 못할 건 또 뭔가요?

↳ 근거도 없는 헛소문 퍼트리다가 사이버 수사대에 신고당하는 수가 있습니다.

내 글에 악플들이 달리기 시작했다. 너 혹시 검은 하트 본인 아니냐, 이제 보니 검은 하트가 맞는 거 같다, 나한테 삥 뜯어 간 돈 이자까지 쳐서 열 배로 갚아라, 당장 나와서 나랑 현피 뜨자…….

더 이상 읽을 용기도 없고 겁도 나서 컴퓨터를 꺼 버렸다. 그러고 나서 생각해 보니, 어느새 내가 김요정을 검은 하트로 단정 짓고 있다는 생각이 들었다. 그래, '김요정 남자설'보다는 차라리 '김요정 검은 하트설'이 더 낫다.

시간이 지나도 흥분이 가라앉지 않았다. 열 달 열흘 굶은 하이에나 떼에게 쫓겨 간신히 숲 속으로 도망친 사슴이 된 것 같은 기분이 들었다. 당사자가 아닌데도 이렇게 떨리고 무서운데, 김요정이 이 글들을 보면 기분이 어떨까? 제발 김요정이 인터넷을 보지 말아야 할 텐데.

그때 갑자기 휴대폰에서 문자 메시지 알림음이 울렸다. 그 소리에 깜짝 놀라 하마터면 의자에서 떨어질 뻔했다.

조카님, 시간 있으면 잠깐 올라올래?

외삼촌이었다. 외삼촌은 오늘 옥탑방에서 꼼짝도 하지 않았다. 심지어는 식사 시간에도 내려오지 않아 엄마한테 잔소리를 들었다. 열흘간의 가출에서 돌아온 외삼촌은 눈에 띄게 달라졌는데, 일단 그날 이후 오토바이를 타러 나가지 않았다. 그저 방 안에 틀어박혀 꼼짝도 안 했다.

옥상으로 올라가 보니 외삼촌은 평상에 앉아서 구운 쥐포를 안주 삼아 캔 맥주를 홀짝이고 있었다. 외삼촌이 나를 보더니 씨익 웃었다.

"혼자 마시려니까 영 심심해서. 한잔하시게, 조카님."

외삼촌이 캔 맥주 하나를 내 앞으로 내밀었지만 어쩐지 망설여졌다. 지난번에 술 마시고 친 사고 때문에 혼쭐이 난 뒤 다시는 집에서 술을 마시지 않겠다고 결심했기 때문이다. 외삼촌이 한쪽 눈을 찡긋해 보이며 내 손에 캔 맥주를 쥐어 주었다.

"이것만 마셔. 이따 아빠 엄마 잘 때 몰래 들어가면 돼."

막상 맥주를 보자 마시고 싶어졌다. 술을 마시면 인터넷에서 본 악플들 생각에서 벗어날 수 있지 않을까? 단숨에 꿀꺽꿀꺽 마셔 버렸다. 맥주는 처음 마셨을 때보다 쓰지 않았다. 몸이 술에 단련된 건지, 술이 몸에 단련된 건지 꿀떡꿀떡 잘도 넘어갔다.

외삼촌이 씨익 웃으며 쥐포를 찢어 내밀었다. 후텁지근한 날씨였고, 아직 달도 별도 뜨지 않은 저녁이었다.

"삼촌, 오늘 노는 날인데 약속 없어?"

외삼촌은 쥐포를 질겅질겅 씹으며 성의 없게 대답했다.

"없다."

"여자 친구 없어?"

"그런 거 안 키운다."

"오토바이 안 타?"

"접었다."

확실히 변했어. 저것 봐. 표정도 심드렁하고 만사가 귀찮다는 저 표정. 뭔가 달라졌어.

“삼촌, 솔직히, 어디 갔다 왔어?”

외삼촌은 저녁 하늘을 올려다보더니 체념한 듯 말했다.

“다른 차원에 간 거 네가 봤다며?”

“아이, 진짜 어디 갔었냐고.”

외삼촌이 평소답지 않게 진지한 얼굴로 말했다.

“넌 꿈이 뭐냐?”

꿈? 나한테 그런 게 있었나?

내가 아무 대답도 하지 못하자 외삼촌이 말했다.

“난 비록 오포 세대의 일원이 됐지만 넌 안 될 거다.”

“오포 세대?”

“오포 세대 몰라?”

“몰라.”

“연애, 결혼, 출산, 인간관계, 내 집 마련까지 다섯 가지를 포기한 세대라는 거다.”

“왜 포기해?”

외삼촌이 내 머리를 툭 쳤다.

“어유, 우리 조카님은 현실을 몰라도 너무 모르시네. 너도 크면 네가 살고 있는 이 지옥 같은 현실을 알게 될 거다. 내가 충고하겠는데 넌 다른 거 생각하지 말고 이 가게나 물려받을 생각해. 넌 금수저를 물고 태어났다고 생각하면 돼.”

외삼촌은 맥주를 꿀꺽꿀꺽 쉬지 않고 마시더니 빈 캔을 구겨서 옥상 구석으로 던져 버렸다. 구석에는 찌그러진 맥주 캔이 수북이 쌓여 있었다.

금수저, 흙수저라는 말은 나도 들어 본 적이 있다. 부잣집에서 태어나 물려받을 재산이 많은 사람을 금수저를 물고 태어났다고 하고, 물려받을 재산도 없는 가난한 집에서 태어나면 흙수저를 물고 태어났다고 한다. 나는 흙수저라고 생각했는데 금수저라니, 외삼촌 말에 동의할 수 없다.

외삼촌이 평상에 벌렁 드러누웠다. 나도 외삼촌 옆에 누웠다. 푸르스름한 하늘에 희미한 달이 떠올랐다. 맥주를 마셨지만 전처럼 금세 취하지는 않았다. 대신 서서히 온몸이 달아오르면서 기분이 좋아졌다.

"삼촌, 그래도 연구에 성공했잖아. 어딘가에서 또 다른 삼촌은 원하는 대로 잘 살고 있잖아. 페라리도 타고 예쁜 여자도 만나고."

외삼촌이 나를 빤히 바라보았다. 지금까지 한 번도 본 적이 없는 진지하고 깊은 눈빛으로. 외삼촌이 다른 사람 같아서 놀랐다. 그 눈빛은 페라리를 타고 왔던 외삼촌과 똑같았다. 그럼 지금 내 앞에 있는 외삼촌은 다른 세계에 살고 있는 외삼촌인가? 잠시 그런 말도 안 되는 상상을 했다.

"넌 정말 내가 다른 차원에 갔다 왔다고 믿냐?"

내 눈으로 똑똑히 봤는데, 그럼 아냐? 외삼촌도 자신이 다른 차원에 갔다는 내 말을 듣고 좋아했다. 그런데 지금 와서 이런 식으로 나오면 곤란하지. 술이 알딸딸하게 취하면서 기분이 이상해졌다. 내가 내가 아닌 것 같기도 하고, 내가 분명히 나인 것 같기도 한 이상한 기분.

외삼촌이 말했다.

"내가 가출해서 어디 갔었는지 아니?"

사실 궁금하긴 했지만 김요정 때문에 정신이 없어 물어보지는 못했다. 다른 차원이 아니라면 도대체 어디 갔다 온 거야?

"하도 답답해서 여기저기 돌아다녔다. 고층 건물들이 몰려 있는 도심지에도 가 보고, 노숙자들이 많은 서울역에도 가 보고, 한강에도 가 보고."

여러 모습의 외삼촌이 떠올랐다. 고층 건물에서 출입증을 목에 걸고 말쑥한 양복 차림으로 나오는 외삼촌, 허름한 옷을 입고 서울역 층계에서 박스를 깔고 잠을 자고 있는 외삼촌, 한강 다리 위에서 아래를 내려다보는 외삼촌. 아아, 내가 왜 이러지? 정말 취했나?

"삼촌, 왜 그랬어? 분명히 삼촌은 페라리를 타고."

"페라리 얘긴 집어치워."

갑자기 외삼촌이 화를 벌컥 내서 깜짝 놀랐다. 나는 입을 다물어 버렸다. 잠시 후 외삼촌이 내 어깨를 툭툭 치며 말했다.

"미안."

그러고는 쓸쓸한 얼굴로 고개를 돌렸다.

얼마 전까지만 해도 다른 차원에 가는 걸 골몰하고 연구에 성공해서 원하는 대로 살고 있다고 신나 하지 않았나? 그런데 왜 지금은 모든 것을 체념한 사람처럼 절망적으로 보이는 걸까? 외삼촌에게서 일어나고 있는 이 낯선 변화들은 도대체 뭘까? 나로서는 외삼촌의 복잡미묘한 정신세계를 도무지 짐작할 수가 없었다.

외삼촌은 어둠이 점점 차오르는 밤하늘을 올려다보며 말했다.

"네가 본 페라리는 미래에서 살짝 넘어온 환상일 수도 있어. 그건 가짜야."

"그럼 삼촌의 평행 우주 연구도 가짜였단 말야? 그런 거였어?"

외삼촌이 고개를 돌려 내 얼굴을 가만히 들여다보았다. 외삼촌의 얼굴은 지금까지와는 달리 꽤나 진지해 보였다.

"물론 연구는 진짜였지. 하지만 연구 결과는 실패야. 성공했다면 여기로 돌아오지 않았어야지. 잠깐 왔다 가는 게 아니라 거기 머물러 있었어야지. 그래야 진짜지."

"성공할 때까지 연구를 계속하면 되잖아. 잠깐 갔다 왔으면 반은 성공한 거 아니냐고."

외삼촌이 고개를 저었다.

"한 100년쯤 연구하면 완전히 성공할 수 있겠지. 근데 그때까지 내가 살아 있을까?"

100년 뒤의 세계에 대해서는 나도 자신이 없다. 그때는 아빠도 엄마도 외삼촌도, 지금 내가 아는 모든 사람들이 이 세상에 없겠지. 그런 생각을 하자 슬퍼졌다.

"돌아다니면서 보니 모든 게 다 현실이더라. 직장인들도 장사꾼들도 노숙자들도 다 현실을 살고 있지, 100년 뒤의 미래를 살고 있지는 않았어. 그럼 어떻게 할까? 어떻게 해야 이 절망적인 현재를 살아갈까, 정말 많이 생각했다."

"그래서?"

"그래서, 꿈을 갖기로 했어."

외삼촌의 꿈은 평행 우주 연구를 계속하는 거 아닌가? 다른 꿈이 있었나?

"삼촌 꿈이 뭔데?"

"꿈을 찾는 사람이 되는 거."

꿈을 찾는 사람이 되는 게 꿈이라니. "지금 조카 데리고 말장난해?"라고 말하려다가 참았다.

외삼촌은 진지한 얼굴로 말했다.

"현실은 이렇게 구질구질하지만 그래도 어딘가에 내 꿈이 있을 거야. 그걸 찾아보려고 해. 꿈을 찾게 되면 이 현실을 견딜 수 있을 거 같아. 아니, 즐길 수 있겠지."

긴 머리카락을 휘날리며 동네 양아치들과 오토바이를 타고 달리던, 생각 없는 외삼촌이 이렇게 진지한 사람이었나? 아무튼 그게 뭔지는 몰라도 외삼촌이 진심으로 즐길 수 있는 꿈을 찾으면, 그건 그것대로 꽤 근사할 거라는 생각이 들었다.

외삼촌이 화제를 바꿨다.

"그건 그렇고, 우리 조카님 얼굴이 상당히 어두운데 무슨 고민이라도 있어?"

그제야 정신이 번쩍 들었다. 내 고민? 그게 뭐였더라? 오래 생각할 것도 없이 김요정 얼굴이 떠올랐다. 이 순간에 그 얼굴이 떠오른 걸 보면, 내 고민은 김요정인 게 분명하다. 그래, 깨끗이 인정하자. 나, 김요정 때문에 몹시 괴롭다. 그렇다고 외삼촌에게 고민을 털어놓을 만큼 우리가 가까운 사이는 아닌 것 같았다. 그래도 지푸라기라도 잡는 심정으로 물었다.

"삼촌은 여자의 과거에 대해서 어떻게 생각해?"

외삼촌은 곰곰이 생각하더니 물었다.

"네 여자 친구한테 과거 있냐?"

돌직구 질문에 놀라서 격하게 양손을 흔들었다.

"아니, 그런 게 아니라 내 친구. 아, 삼촌도 알지? 내 친구 동기. 동기한테 여자 친구가 생겼거든? 근데 그 여자 친구한테 엄청난 과거가 있어. 그 과거 때문에 요즘 걔가 엄청 고민이 많은가 봐."

거짓말이 이렇게 술술 나오는 걸 보니 나는 타고난 사기꾼임이 분명하다. 외삼촌은 심각한 얼굴로 내 얘기를 듣다가 무심하게 말했다.

"찌질한 놈들이나 여자의 과거를 캐고 다니는 거야."

"아니, 캐고 다니는 게 아니라 여자애 과거 소문이 엄청 돌고 있다니까. 그 소문 때문에 힘들어해."

"네 친구가 걜 엄청 좋아하나 본데?"

"왜?"

"그렇지 않으면 힘들어할 이유가 없거든. 근데 진익아, 네가 가서 말해 줘. 좋아하는 여자가 과거의 여자인지 현재의 여자인지 잘 생각해 보라고. 만약 과거의 여자를 좋아한다면 그 관계를 끝내는 게 좋고, 현재의 여자를 좋아한다면 고민하지 말고 다 덮으라고 해. 아까도 말했지만 중요한 건 과거나 미래가 아니라 현재야. 지금, 여기, 바로 내 눈앞에 있는 너."

외삼촌이 손가락으로 내 얼굴을 가리키고는 씨익 웃더니, 내 뺨을 손가락으로 톡 쳤다.

중요한 건 과거가 아니라 현재야, 라는 말은 나도 할 수 있어. 내 친구가 이런 문제로 고민한다면 나도 외삼촌처럼 그렇게 멋진 말을 해줄 수 있을 거야. 하지만 이건 동기 얘기가 아니라 내 얘기거든. 그럼, 김요정이 내 여자 친구? 그건 아니지. 그런데 내가 왜 이러지? 아아, 너무나 혼란스럽다.

외삼촌이 한쪽 다리를 다른 쪽 다리 위에 척 올려놓고 깍지 낀 양손으로 머리를 받친 자세로 말했다.

"무슨 생각을 하고 있는진 모르겠지만, 네가 생각한 그게 바로 정답이야. 네 마음이 시키는 대로 해."

외삼촌은 혹시 족집게 도사라도 된 건가? 내 마음을 훤히 들여다보고 있는 것 같잖아.

어느새 주위가 어두워졌다. 밤하늘은 짙고 깊은 푸른색이었다. 까만 밤이라는 표현 대신 파란 밤이라고 하는 게 정확할 것 같은 그런 밤.

나는 조용히 외삼촌을 불렀다.

"삼촌."

외삼촌은 아무 반응이 없었다. 숨소리조차 들리지 않았다. 몇 번이나 삼촌을 불렀지만 대답이 없었다. 혹시 지금 또 다른 차원에 간 건가? 거긴 또 어떤 세상일까? 아무튼 그렇다면 방해하지 말아야지.

머릿속에서 맴돌던 모호했던 생각들이 하나씩 분명해지고 있었다. 네 마음이 시키는 대로 해. 그게 정답이야. 외삼촌의 그 말을 곱씹으며 생각했다. 내 과거나 미래에 대해서 확신할 수 있는 건 없지만 적어도 내가 살고 있는 지금, 여기에 대해서만큼은 확신할 수 있는 게 있다고.

토끼몰이

영원할 것 같던 아메바 커플이 깨졌다. 암수한몸 김형재와 박지혜는 서로 분열을 일으켜 암수딴몸이 되었다가, 이틀이 지나지 않아 다른 상대를 만나 결합해서 또다시 각각 암수한몸이 됐다. 그렇지 않아도 숨 쉬기 힘들 정도로 더운 교실 안은 여기저기서 분열과 결합으로 이어지는 애정 행각으로 인해 더 뜨거워졌다. 아이들은 연애에만 미쳐 있는 게 아니었다. 광기로 가득 찬 눈빛을 희번덕거리며 먹잇감을 찾는 데 열중했다. 그 먹잇감은 당연히 김요정이었다.

아이들은 김요정을 괴롭히기 위해 학교에 오는 것처럼 보였다. 다양한 방식으로 김요정을 괴롭혔다. 아침에 학교에 가면 칠판 가득 검은 하트를 증오하는 낙서들이 적혀 있었고, 김요정이 지나갈 때마다 입에 담지도 못할 욕을 하거나 손가락 욕을 해 댔다. 오늘은 김요정의 교과서가 칼빵을 당했다. 국어 교과서의 한가운데가 처참하게 하트 모양으로 뚫려 있었다. 쉬는 시간에 김요정 책상 옆을 지나다 그 교과서를 보고 등줄기가 서늘해지는 공포를 느꼈다. 하트는 사랑을 의미하는 표식이다. 좋아하거나 사랑하는 사람에게 하트를 표시한다. 하지만 김요정 교과서에 새겨진 하트는 온갖 경멸과 위협과 증오의 표식이었다. 하트가 이렇게 끔찍해 보일 수도 있다는 것에 경악했다. 김요정은 책상 위에 놓인 국어 교과서를 무표정한 얼굴로 내려다보더니, 가방 속에 훅 집어넣고는 책상에 엎드려 버렸다.

점심시간이 되자 아이들은 식당으로 몰려갔다. 서로 자리다툼을 하면서도 김요정 주변에는 아무도 앉지 않았다. 김요정이 앉아 있는 식탁 앞과 옆에는 약속이나 한 듯 의자가 두 개씩 비어 있었다. 그러니까 김요정을 한가운데 두고 동그란 원이 생겨 버린 것이다. 원 안의 텅 빈 공간 때문에 김요정은 마치 바다에 홀로 떠 있는 무인도 같았다.

나는 식판을 들고 어디에 앉을까 잠시 고민했다. 무인도로 들어가 텅 빈 섬의 한 자리를 채워야 하나? 그럴 만한 용기가 있으면 어디 그렇게 해 보시든가. 섬 주변의 눈들이 일제히 나에게 그렇게 말하고 있는 것 같았다. 그 눈들은 집요하게 나를 따라왔다. 나는 식판을 들고 김요정 옆을 지나쳐 걸어갔다. 따가운 시선을 받으며 무인도로 걸어 들어갈 용기가 없었다. 혼자 구석에 앉아 꾸역꾸역 입속으로 밥을 집어넣으며 그런 나 자신을 죽이고 싶을 만큼 증오했다.

점심을 먹은 아이들은 무리를 지어 학교 여기저기에서 놀았다. 동기 무리는 복도에서 축구공으로 공차기를 했다. 교실과 복도는 축구장도 됐다가 운동장도 됐다가 레슬링장도 됐다가 콘서트 무대도 됐다가 시장통도 되었다. 동기가 나에게도 합류하라고 했지만 공을 찰 기분이 아니라서 벽 쪽에 서서 구경만 했다.

신나게 공을 차던 동기가 갑자기 복도 쪽을 보고 씨익 웃더니 어딘가로 공을 뻥 찼다. 공은 막 교실로 들어가는 김요정의 얼굴을 정통으로 맞혔다. 김요정은 얼굴을 두 손으로 감싸고 그 자리에 주저앉았다. 동기는 얼굴 가득 잔인한 미소를 흘리며 김요정에게 다가갔다.

“괜찮냐? 미안, 실수.”

동기는 나를 보며 싱글싱글 웃었다. 문득, 골목에서 동기를 처음 만나던 날이 떠올랐다. 그날 독수리 오자매에게 삥을 뜯기고 있던 동기의 겁에 질려 있던 얼굴. 그때의 동기와 지금의 동기는 같은 사람이라고 믿을 수 없을 만큼 달랐다. 그 웃는 얼굴을 보자 내 얼굴 근육이 일그러지는 게 느껴졌다. 내가 공을 맞은 것처럼 뺨이 화끈거렸다. 김요정은 얼굴을 손으로 감싼 채 일어나 황급히 교실로 들어갔다. 수업이 끝날 때쯤에는 한쪽 뺨이 빨갛게 부풀어 올라 있었다.

6교시는 체육이었다. 수업이 끝나고 체육복을 갈아입으러 남자 탈의실로 가고 있는데, 여자 탈의실 쪽에서 웅성거리는 소리가 들렸다. 열린 문틈으로 여러 명의 여자아이들이 누군가를 구석으로 몰아넣은 채 둘러싸고 있는 게 보였다. 여자아이들 패거리 중 한 명은 정다소였고, 구석에 몰려 있는 아이는 놀랍게도 김요징이었다.

"벗어."

정다소가 말했다.

여자 탈의실을 엿보면 안 되지만, 나도 모르게 벽에 붙어 서서 엿듣고 말았다.

"벗어 보면 알 거 아냐? 왜 못 벗는데?"

이번에는 다른 여자애 목소리.

"우리가 강제로 벗길까?"

분위기가 너무 살벌해서 이러다가는 무슨 일이라도 날 것 같았다. 여자애들은 계속 다그쳤고, 급기야 정다소가 소리쳤다.

"안 되겠다. 벗겨!"

이건 장난이 아니라 폭력이고 범죄다. 더는 두고 볼 수가 없었다. 나는 있는 힘을 다해 소리쳤다.

"바바리맨이다!"

우리 학교 근처에는 가끔 바바리맨이 나타난다. 바바리맨이 팬티를 내리고 우리 교실 쪽으로 엉덩이를 까 보이는 것을 본 적이 있었는데, 가끔씩 앞모습도 보여서 여자애들을 까무러치게 만들곤 했다. 여자애들은 바바리맨이 나타났다는 소리만 들리면 학교가 떠나가라 비명을 지르고 두 손으로 눈을 가린 채 그쪽으로 달려갔다.

탈의실에 있던 여자애들이 비명을 지르며 뛰어나왔다. "어디? 어디?" 두리번거리는 아이들에게 복도 끝 창문을 가리켰다. 정다소를 비롯한 아이들이 미친 듯이 그쪽으로 달려갔다. 교실에 있던 다른 여자애들도 비명을 지르며 뛰어나왔다. 복도는 순식간에 아수라장이 됐다. 그 소란을 틈타 여자 탈의실로 들어가 구석에 서 있는 김요정을 데리고 복도로 나왔다. 그러고는 여자아이들이 몰려가는 복도 반대쪽으로 뛰었다. 복도 끝에 있는 빈 컴퓨터실로 일단 몸을 피했다. 나는 위기에 처한 연인을 구출해 내는 액션 영화 속의 남자 주인공이라도 된 것처럼 아주 잠깐 으쓱해졌다. 그런데 김요정은 컴퓨터실로 들어오자마자 내 손을 뿌리쳤다.

"왜 이래?"

"아니, 난 그냥…… 네가 어려움에 처해 있는 거 같아서 도와주려고."

김요정이 눈알이 튀어나올 정도로 나를 노려봤다.

"네가 뭔데? 누가 나 도와 달래? 내 일에 신경 쓰지 마, 진드기."

진드기? 아, 그 별명이 이렇게 친근하게 들릴 때도 있다니. 진드기라는 말을 듣자 이상하게 물에 떨어트린 물감처럼 마음이 풀어졌다.

우리는 한동안 말없이 서 있었다. 밖에서는 여전히 비명 소리가 들렸지만, 컴퓨터실 안에는 이상하리만치 농밀한 적막이 가득했다. 김요정은 한참 동안 말없이 발끝을 내려다보았다.

김요정이 고개를 숙인 채 물었다.

"넌 안 싫어?"

"뭐가?"

"내가 검은 하트라는 거."

쇠망치로 얻어맞기라도 한 것처럼 심장이 다 얼얼했다. 김요정 입으로 검은 하트라는 단어를 듣게 되리라고는 생각도 못 했는데…….

"아니, 안 싫어."

"왜?"

"너, 넌 검은 하트가 아니니까."

긴장하고 당황해서 말도 제대로 나오지 않았다. 김요정이 그제야 내 얼굴을 보더니 씁쓸하게 웃었다. 뭐지? 저 비웃음의 의미는?

"넌 정말 내가 검은 하트가 아니라고 믿냐?"

"응."

자신 있는 대답이라고는 할 수 없었지만, 제발 그랬으면 좋겠다는 염원이 담긴 대답이었다.

김요정은 내 대답을 듣고 한참 동안 뭔가를 곰곰이 생각하더니, 갑자기 교복 치마 안에 받쳐 입은 체육복 바지를 벗기 시작했다. 놀란 심장이 이번에는 미친 듯이 쿵쾅거렸다. 지금 얘가 무슨 짓을 하려고 이러는 거지? 아무도 없는 컴퓨터실에서 왜 바지를 벗느냐고? 그 짧은 순간 내 머릿속에는 수없이 많은 상상이 번개처럼 우르릉 쾅쾅 터졌다. 김요정은 바지를 벗고 나서 한 치의 망설임도 없이 한쪽 치맛자락을 걷어 올렸다. 똑바로 볼 수가 없어 고개를 돌렸다.

"봐."

김요정이 말했다. 하지만 나는 고개를 돌린 채 아무 말이나 나오는 대로 지껄였다.

"너, 너, 지금 뭐하는 거냐? 여긴 학교야. 그리고 우린 아직 어려. 이러는 거 아니다, 김요정."

"고개를 돌려, 진드기."

"아, 안 돼."

"돌려."

김요정의 목소리는 단호했다. 그래, 이건 내 의지가 아니라 김요정의 의지다. 그러니까 나는 무엇을 보더라도 아무 잘못이 없어. 두 눈을 질끈 감고 고개를 돌렸다.

"눈 떠."

아, 넌 왜 이렇게 나한테 잔인한 거니? 내가 무슨 잘못을 했다고 이렇게 시험에 들게 하는 거냐고.

이번에도 김요정의 의지로 눈을 떴다. 쭉 뻗은 다리가 눈에 들어왔다. 끝 모르게 이어진 긴 종아리부터 허벅지까지 눈으로 훑었다. 역시 글래머 여신답게 각선미 하나는 끝내주는군. 놀라고 흥분된 마음을 간신히 억누르며 시선을 옮기는데, 허벅지 안쪽에 눈에 띌 정도로 큰 점이 보였다. 처음에는 그것이 커다란 멍이거나 아니면 먹물 같은 게 묻은 줄로만 알았다. 김요정이 잘 보이도록 허벅지를 틀어 주지 않았다면, 분명 그렇게 알고 넘어갔을 거다.

자세히 보니 그건 하트 모양이었다. 하트 안쪽의 살은 하트 바깥쪽의 살과 확연히 구분되었다. 밀가루를 반죽해서 허벅지 안쪽에 처발라 놓은 것처럼 뭉개져 있었다. 검은색이 아니라 빛바랜 회색이었다.

1분에 60초씩 규칙적으로 흐르던 시간이 갑자기 뒤죽박죽이 되었다. 시간은 일직선으로 흐르다가 갑자기 위에서 아래로 흐르는가 싶더니, 다시 아래에서 위로 흐르다가 이번에는 사방으로 흘렀다. 빠르게 흘렀다가 느리게도 흘러갔다. 그 모든 흐름과 속도가 뒤죽박죽이 되어 저 하트 속의 뭉개진 살들처럼 한순간에 뭉뚱그려져 버렸다.

잠시 내 영혼과 몸이 먼지만큼이나 가벼워진 듯한 이상한 기분에 빠졌다. 김요정이 나를 감정의 무중력 상태에서 빼냈다.

"봤지? 내가 바로 검은 하트야."

김요정은 치맛자락을 내리고 바지를 주워 올렸다.

매미 우는 소리가 요란했다. 구룩구룩, 구르륵, 음산한 비둘기 울음소리도 들려왔다. 아이들이 떠드는 소리도 들렸고, 정체를 알 수 없는 쿵쿵거리는 소리도 들렸다. 모든 소리들은 하나의 덩어리처럼 형태를 분간할 수 없는 소리로 들려왔다. 우웅, 웅웅, 우아앙, 우앙. 내 귀에는 그렇게 들렸다.

혼란을 뚫고 하나의 장면이 떠올랐다. 골목에서 내가 독수리 오자매에게 당하고 있던 장면. 슈퍼맨처럼 홀연히 나타나 나를 그 위기에서 구해 주었던 김요정. 이제야 의문이 풀렸다. 초딩 일진들이라면 그들이 전설로 모시는 인물에 대해서 잘 알고 있을 터였다. 일진 자매들은 그들의 전설을 눈앞에서 보고는 사색이 되었겠지.

김요정이 무덤덤한 얼굴로 말했다.

"어떤 이유로든 내 과거가 합리화되거나 용서받을 수 없다는 거 알

아. 내 과거를 부정하지도 않겠어. 과거를 부정하는 건 지금의 나를 부정하는 것과도 같으니까. 검은 하트도 나고, 지금의 나도 나야. 난 죗값을 다 받을 거야. 그러니까 너도 다른 애들처럼 나를 대하면 돼. 난 어떻게 되든 상관없어."

김요정의 얼굴에 희미한 미소가 번졌다. 정말이지 더럽게 슬픈 미소였다.

김요정의 고백을 듣고도 크게 충격을 받거나 놀라진 않았다. 오히려 담담해졌다. 오늘 받을 충격에 대비해서 그동안 감정을 단련시켰던 걸까? 나에게 고백을 해 준 김요정에게 도리어 고마운 마음까지 들었다. 나도 제정신이 아닌 게 분명했다.

"왜 그랬어?"

김요정이 나를 빤히 바라보았다. 그때 수업 시작을 알리는 종소리가 울렸다. 김요정은 말없이 컴퓨터실에서 나가 버렸다. 그제야 온몸이 나른해져 그 자리에 주저앉았다.

시간이 지날수록 이상하게도 마음이 점점 편안해졌다. 그동안 나를 혼란스럽게 하고 괴롭혔던 고민의 실타래가 서서히 풀리면서 뭔가 정리되는 기분이었다.

김요정은 검은 하트다. 내 눈으로 직접 확인했으니까 틀림없다. 이제 더는 그 문제로 고민할 필요가 없어졌다. 왜 김요정이 검은 하트가 됐는지 그 이유도 나에게는 중요하지 않다. 김요정이 검은 하트든 아니든 상관없다. 단지 그 이유 때문에 홀가분해졌나? 그건 아니다. 그래서 뭐 어쩌라고? 김요정이 검은 하트든 빨간 하트든, 그게 뭐 어쨌다는 건데.

이제는 분명하게 두 개의 세계가 보인다. 나와 내 주변 인물들이 살고 있는 이쪽 세계와 김요정 혼자 살고 있는 저쪽 세계. 이쪽은 검은 하트에게 피해를 입은 피해자들의 세계이고, 저쪽은 수많은 영혼들에게 피해를 준 가해자의 세계다. 나도 피해를 당할 뻔했으니까 당연히 피해자의 세계에 속해야 한다. 피해자들은 이제는 힘이 없어진 가해자에게 보복을 하려 하겠지. 괴롭힘을 당한 만큼, 아니 그 이상으로 복수를 하고 싶은 심정일 것이다. 그러므로 나도 복수를 해야 한다.

복수. 그래, 복수. 내 방식의 복수.

문득 외삼촌이 했던 말이 떠올랐다.

'네 마음이 시키는 대로 해. 그게 정답이야.'

외삼촌은 이런 순간이 올 것이라는 걸 짐작했던 게 틀림없다. 정말 천재인걸? 하하하. 미친놈처럼 텅 빈 컴퓨터실에서 혼자 웃고 말았다.

돌아올 수 없는 강을 건넜다

‘우주로탈출프로젝트’에 새 무희가 들어왔다. 새 무희를 뽑는다는 공지가 나갔을 때, 동기의 예언처럼 운동장을 두 바퀴 반이나 돌 정도는 아니더라도 엄청난 수의 지원자가 몰렸다. 춤도 못 추면서 무대에 서고자 하는 열망으로 온 몸치도 있었고, 발레를 전공한 애도 있었으며, 단지 주목받고 싶어서 지원했다는 애들도 있었다.

동기는 그중에서 우리 학교 최고 몸짱 최다슬을 새 무희로 뽑았다. 최다슬의 몸매는 지금 당장 슈퍼 모델 선발 대회에 나가도 손색이 없을 정도로 뛰어났다. 김요정 몸매의 업그레이드 버전쯤 될까?

최다슬이 처음 우리 팀에 합류하는 날, 멤버들이 아지트에 모였다. 아파트 지하실은 숨이 막힐 정도로 덥고 습했다. 온갖 종류의 곰팡이 포자들이 숨을 쉴 때마다 폐로 들어오는 것 같았다. 새로 들어온 무희

덕분에 분위기는 한층 들떠 있었다.

동기는 '우주로탈출프로젝트'가 이제야 완전체가 됐다면서 가을에는 이 지역 학교 축제에서 공연을 하게 될 거라고 공언했다. 팀원들은 각자의 악기를 두드리며 환호성을 질렀다.

나는 소리가 잦아들기를 기다렸다가 아이들에게 선전 포고를 했다.

"타악기 연주자도 한 명 더 뽑아라. 나, 그만둔다."

멤버들은 마치 내가 불시착한 우주선에서 막 내리는 외계인이기라도 하듯 뜨악한 얼굴로 바라보았다.

동기가 물었다.

"배진익, 너 갑자기 왜 그래? 뭐 불만 있어?"

나는 되도록 침착하게 말하려고 애를 썼다.

"너희, 입이 있으면 솔직히 말해 봐. 우리가 진짜 음악을 하고 있는 거라고 생각하냐? 우리가 진짜 음악인이야?"

동기가 나를 노려보며 큰 소리로 말했다.

"음악에 진짜 가짜가 어딨냐? 음악을 사랑하면 그게 진짜 음악인이지. 난 단 한 번도 내가 장난으로 음악을 하고 있다고 생각한 적 없어. 난 음악을 내 목숨만큼 사랑해. 남들이 아무리 내 음악을 듣고 웃어도 난 진심으로 음악인의 길을 갈 거란 말야."

아이들은 감동한 표정으로 동기의 말에 고개를 끄덕였다. 동기는 강한 어조로 계속 말했다.

"너희도 잘 들어. 우린 음악 안에서 하나야. 피를 나눈 형제자매만

이 가족이 아냐. 음악 안에서 음악의 피를 나눈 형제자매도 가족이야. 예술의 길은 배고프고 고달프고 험난해. 그 길을 우린 함께 가는 거야. 왜냐! 우린 가족이니까."

최다슬이 박수를 쳤다. 눈치를 보던 정다소도 박수를 쳤고, 그 뒤를 이어 박홍래와 황금동도 박수를 쳤다.

나는 박수 대신 독설을 쏘아 댔다.

"가족이라면서 그렇게 헌신짝처럼 버리냐?"

박수가 멎었다. 분위기가 급속도로 냉각됐다. 심장이 빠르게 뛰었고, 혈압이 쭉쭉 올라가는 게 느껴졌다. 아이들은 '그게 무슨 귀신 씻나락 까먹는 개소리야?' 하는 표정으로 나를 빤히 쳐다봤다.

나는 계속 말했다.

"버린 것도 모자라 잔인하게 짓밟고 갈기갈기 찢어 놓으니 좋냐? 그게 음악인의 자세야? 그런 거야?"

한동안 아무도 말이 없었다. 그래, 뜨끔할 거다. 너희가 무슨 짓을 했는지 가슴에 손을 얹고 반성해야 돼.

동기가 들고 있던 조롱박을 갑자기 바닥에 탁 내던지더니 내 앞으로 곧장 걸어왔다. 동기는 내 눈을 똑바로 들여다보며 말했다.

"야, 배진익! 잘 들어. 김요정 얘길 하는 모양인데, 우리가 죄 없는 애를 짓밟고 갈기갈기 찢어 놨냐? 개가 그동안 우리한테 한 건 어떻고? 그동안 검은 하트가 저질렀던 거 다 갚으려면 죽을 때까지 갚아도 모자랄걸? 그런 년은 더 당해야 돼. 그런 더러운 년이 잠시나마 팀에 있었다는 건 우리의 수치고 더 나아가 음악인의 수치야. 순수한 음악과 음악인을 더럽힌 거라고. 난 악을 응징할 거다. 정의의 편에 설 거라고."

동기는 자기가 정의의 사도라도 된 것처럼 거들먹거리는 얼굴로 나를 노려보았다. 지금 눈앞에 있는 동기가 내 절친 홍동기가 맞나, 하는 생각이 들 정도로 낯설었다.

"그건 김요정의 과거야. 가족이라면 잘못된 과거까지도 감싸 줘야 하는 거 아냐?"

"야, 절대로 감싸 줄 수 없는 것도 있어. 우리나라 역사에서도 봐라. 나라와 민족을 팔아먹은 친일파를 청산하지 못해서 지금 나라가 이 모양 이 꼴이 된 거 아니냐?"

갑자기 웬 친일파? 비약도 이런 비약이 없다.

"지금도 검은 하트인 건 아니잖냐? 지금은 그냥 평범하잖아. 아니, 우리 팀에 도움도 많이 줬어. 아지트 청소도 부지런히 했고, 간식도 가끔 사 왔잖아. 학교에서도 말썽을 피운 적이 없었어. 열심히 살려고 노력하는 걸 봐서라도 용서할 수 없는 거냐?"

동기가 비웃는 얼굴로 말했다.

"한번 친일파는 영원한 친일파야. 알겠니? 한번 걸레는 빨아도 영원히 걸레라고."

정다소가 잡아먹을 듯이 나를 노려보며 말했다.

"내가 이런 말은 안 하려고 했는데, 지난번 여자 탈의실 밖에서 바바리맨 나타났다고 소리친 거 너지?"

아이들이 놀란 얼굴로 일제히 나를 바라보았다. 동기가 정다소를 다그쳤다.

"그게 무슨 말이냐?"

"우리가 김요정 문신 좀 확인해 보려고 하는데, 쟤가 밖에서 바바리맨 나타났다고 거짓말하는 바람에 실패했거든. 이 배신자!"

배신자, 라는 단어를 들으니 갑자기 전투력이 상승하는 기분이었다. 그래, 진짜 배신자가 뭔지 보여 주겠어.

동기가 물었다.

"정다소 말이 사실이냐?"

나는 당당하게 대답했다.

"그래, 사실이다."

아이들 눈빛이 순식간에 아군에서 적군을 바라보는 눈빛으로 변했다. 동기가 내 앞으로 다가오더니 지하실 출입문을 가리키며 말했다.

"넌 아웃이야. 당장 꺼져."

절친이라고 생각했던 동기와의 우정이 방금 끝났다. 나는 다 찌그러진 철가방을 집어 들고 돌아서서 걸었다. 등에 날카로운 가시가 날아와 박히는 것 같았다. 맨발로 가시밭길을 걷고 있는 것처럼 발바닥도 따끔거렸다. 문을 열고 밖으로 나왔을 때는 비실비실 헛웃음이 나왔다.

음악은 개뿔. 난 음악에 소질도 없고 흥미도 없어. 동기, 너와의 우정을 생각해서 억지로 밴드에 들이간 것뿐이야. 이제 이 지긋지긋한 철가방도 두드리지 않을 거야. 아! 후련하다, 후련해. 배진익, 넌 이제 돌아올 수 없는 강을 건넜구나. 넌 끝났어. 아웃 오브 아웃이라고. 으하하하하으흐흐흐흑.

간판 떨어진 날

가게에 있는 엄마한테서 문자 메시지가 왔다. 영업이 끝나고 뒷정리를 할 시각이었다.

배진익, 지금 당장 내려와.

문자는 그 어떤 따다다다보다 공포스러웠다. 그 공포 분위기에 장단이라도 맞추듯이 장대비가 내렸고, 중간중간 양념을 치듯 천둥 번개가 쳤다. 단단히 각오를 하고 가게로 내려갔다. 가게에는 아빠와 외삼촌도 있었다. 뭔가 심상치 않은 일이 일어날 것 같은 불길한 분위기였다.

내가 의자에 앉자 엄마가 중대 발표를 했다.

"우리 배진익을 오늘 날짜로 동구반점 3대 예비 주방장에 임명하겠어. 진익아, 넌 이제부터 공부할 필요 없어. 앞으로는 주방에서 짜장면 만드는 기술을 익히도록 해."

마른하늘에 날벼락 같은 소리였다. 아니, 실제로 밖에서 벼락이 쳤다. 아빠와 외삼촌은 정지 버튼을 누른 화면처럼 눈도 깜박이지 않고 엄마를 쳐다봤다. 엄마가 재생 버튼을 꾹 누르듯이 말했다.

"우리 가게는 올해로 꼭 45년이 됐어. 맨 처음 창업주가 영업한 것까지 따지면 100년 가까이 되는 셈이야. 근데 매상은 매년 떨어지고 있어. 오랜 역사와 전통이 좋은 것만은 아니라는 거지. 그래서 말인데 45주년 기념으로 대대적인 리모델링 공사를 할 거야."

"여보, 진익이 엄마."

아빠가 무슨 말을 하려고 했지만 엄마가 단호하게 가로막았다.

"내 말 아직 안 끝났어. 리모델링 비용에 대해서 궁금하겠지? 나, 결혼하고 지금까지 하루에 2만 원씩 모았어. 장사가 안 되는 날에도 어떻게 해서든 2만 원을 채웠어. 오늘이 딱 5,465일째 되는 날이야."

엄마의 충격적인 발언은 계속 이어졌다. 아빠는 입을 벌린 채 엄마를 멍하니 바라보았고, 외삼촌은 '누나는 그러고도 남을 사람이야.' 하는 표정으로 고개를 저었다. 5,465일이면 도대체 몇 년이야? 하루에 2만 원씩 모았으면 대략 얼마를 모은 거야? 머릿속으로 계산해 보았다. 약 15년, 그동안 모은 돈은 대충 계산해도 1억이 넘는다. 뭐, 1억?

엄마는 계속 말했다.

"이 건물 뼈대는 그대로 두고 인테리어를 싹 바꿀 거야. 저 구질구질한 가구들도 모던하게 바꾸고, 무엇보다 주방을 위생적으로 고칠 거야. 일하는 게 훤히 들여다보일 만큼 멋진 주방을 만들겠어. 내가 신경 써서 뜯어고치고 싶은 곳이 한 군데 더 있어. 바로 지하실이야. 비만 오면 물이 고이고 뭔가가 썩고 하니까 자꾸 쥐가 들끓는 거야. 지하실을 식품 저장고로 꾸밀 거야. 이리저리 알아보니까 온도 습도 조절만 잘 하면 식료품을 오래 보관해도 신선하대."

엄마는 33인의 민족 대표들이 작성한 독립 선언서를 낭독하는 것처럼 결연했다. 아무도 엄마의 선언에 이의를 제기하지 못했다.

5,465일 동안 엄마에게 가장 중요했던 건 결국 2만 원이었다. 아빠가 뜨거운 기름에 손을 넣어 화상을 입고 병원 응급실에 실려 갔던 날도, 내가 신종 플루에 걸려 열이 40도까지 올라가 혼수상태에 빠져 있던 초딩 3학년 때도, 엄마가 도마에서 떨어진 칼에 발등이 찍혀 피가 철철 흐르던 날도, 외삼촌이 오토바이를 몰다가 달리는 트럭에 받혀 2미터쯤 공중에 떴다 떨어졌다는 연락을 받았던 날도……, 엄마는 2만 원을 생각했겠지. 2만 원의 법칙, 2만 원의 시간, 2만 원의 행복. 나의 5,465일과 엄마의 5,465일, 그리고 아빠의 5,465일 사이에는 어떤 교집합이 있을까? 아무리 생각해도 교집합이 없었다. 한 가족이 어떻게 이렇게 교집합 없이 15년을 살아왔는지 놀라울 뿐이다.

내가 어떤 어른이 될지 아직 생각해 보지는 않았지만, 한 가지만은 분명하다. 적어도 엄마처럼 돈만 아는 어른은 되지 않을 거다. 물론 아빠처럼 나약하고 비겁하고 용기 없는 어른도 되지 않을 거고, 외삼촌처럼 현실 감각이 없는 몽상가도 되지 않을 거다. 그렇다면 나는 어떤 사람이 되고 싶은 거지? 모르겠다. 아무튼 지금은 그 문제를 생각할 때가 아니다.

아빠는 한동안 아무 말도 하지 않았다. 엄마는 아빠가 무슨 말이라도 좀 했으면, 하는 눈치였지만 아빠는 끝내 아무 말이 없었다. 실망한 것 같지도 않고 좋아하는 것 같지도 않았다.

한참이 지나서야 아빠가 겨우 말했다.

"아, 그 문제는 좀 더 생각해 보고."

그러자 엄마가 기다렸다는 듯이 말꼬리를 덥석 잡았다.

"생각해 보긴 뭘 생각해? 당신은 그냥 내가 하는 대로 따라오기만 하면 돼. 평생 주방에서 산 사람이 세상 물정을 알기나 해? 나나 되니까 이 망해 가는 가게를 지금까지 유지해 오고 있는 거라고."

바람 소리가 예사롭지 않았다. 번쩍, 하고 번개가 치더니 몇 초 뒤에 천둥소리가 울렸다.

쿵!

갑자기 어마어마한 소리가 나면서 가게 앞에 뭔가 떨어졌다. 우리는 동시에 가게 밖으로 튀어나갔다.

하늘에서 떨어진 건 우리 집 간판이었다. 지금까지 한 번도 떨어진 적이 없던 간판이 동물의 사체처럼 가게 앞에 널브러져 있었다. '구'

자의 페인트가 일부 벗겨지는 바람에 '동그반점'인 채로 비를 맞고 있었다.

타이밍도 참 절묘하다. 세상이 한 편의 연극 같다. 누가 저 위에서 "자, 지금은 간판이 떨어질 타임이야, 레디고!" 하고 소리치자 특수 장치가 돼 있던 간판이 정해진 시각에 맞추어 떨어진 것처럼. 혹은, 어떤 절대자가 "자, 이제 이 가게를 리모델링해야 해. 더 이상 이런 구질구질한 간판 따위는 필요 없어."라고 결정해서 간판을 떨어트린 것처럼. 간판이 붙어 있던 일층과 이층 사이의 빈 공간에는 녹슨 철근만 군데군데 박혀 있었다.

아빠는 도저히 믿기지 않는다는 얼굴로 간판을 하염없이 내려다봤다. 엄마는 재빨리 안으로 들어가 우산을 가져와 쓰고선 우리에게도 하나씩 나눠 주었다. 우산을 받쳐 쓰고 간판을 내려다보는 엄마의 득의만면한 얼굴에는 '게임 끝.'이라는 세 글자가 아로새겨져 있었다.

내 신분은, 그러니까 간판이 떨어진 순간을 기점으로 완전히 바뀌었다. 학생에서 중국집 주방장 견습생으로 신분 이동이 이루어진 것이다. 학교는 대충 다니면서 출석 일수만 채우면 된다. 평소 엄마 성격대로라면 대학은 어림도 없다. 나는 고등학교 졸업장을 딴 즉시 주방 보조로 들어가게 될 것이다. 그리고 앞으로 내 아들이 태어날 때까지 죽어라 양파를 썰고 면을 뽑고 짜장면 소스를 볶겠지. 공부를 잘하는 것도, 좋아하는 것도 아니었지만 이렇게 빨리 내 강제 장래 희망이 지정될 줄은 미처 몰랐다.

엄마의 폭탄선언이 있고 나서, 이번에는 아빠가 폭탄선언을 했다.

"난 히말라야에 가겠어."

엄마는 히말라야라는 말에 얼굴을 찡그렸다. 엄마의 따다다다가 시작되기도 전에 아빠가 재빨리 말했다.

"나도 여행 갈 돈은 있어. 그동안 한 푼 두 푼 모아 놓은 비상금이 있는데, 그걸로 빠듯하게나마 갔다 올 수 있을 거야. 어차피 공사 기간에는 할 일도 없으니까."

엄마는 아빠가 몰래 딴 주머니를 찬 것이 못마땅했지만, 자신도 5,465일 동안 하루에 2만 원씩 딴 주머니 찬 일을 생각해서 꾹 참는 것 같았다. 그러나 아무리 생각해 봐도 도저히 이해할 수가 없는지.

"왜 하필 히말리아야? 요즘은 개나 소나 다 히말리아에 간대."

졸지에 개나 소와 동급이 되어 버렸지만, 아빠는 개의치 않고 꿋꿋하게 말했다.

"난 스무 살 때부터 마흔세 살이 된 지금까지 짜장면을 만들었어. 군대 3년 갔다 온 것 빼고 자그마치 20년이야. 당신하고 결혼하고 제주도로 3박 4일 동안 신혼여행을 간 거 빼고는 주방을 비운 적이 없었어. 앞으로도 우리 진익이가 주방을 물려받기 전까진 계속 짜장면을 만들어야 돼. 난 태어나면서 지금까지 밥보다 짜장면을 더 많이 먹고 자랐어. 내 인생을 세 글자로 하면 짜, 장, 면. 이젠 내가 짜장면인지 짜장면이 난지 모를 지경이 됐어. 더 늦기 전에 나를 찾고 싶어. 그래야 앞으로 남은 세월을 주방에서 견딜 수 있을 거 같아."

아빠의 말이 끝나자 분위기가 숙연해졌다. 엄마는 평소답지 않게 진지한 얼굴로 아빠의 말을 경청했다. 하지만 아빠의 말이 나에게는 공포 그 자체였다. 나도 아빠 나이가 되면 내가 짜장면인지 짜장면이 나인지 모르는 상태가 된다는 말이잖아? "우리 진익이가 주방을 물려받기 전까지."라는 대목에서는 다리가 140개나 달린 벌레가 등을 쭉 훑고 지나가는 것처럼 소름이 돋았다.

"당신 말은 잘 알겠는데 왜 하필 히말라야냐고?"

아빠는 생각에 잠겨 있다가 엄마 말에 깜짝 놀라 더듬거리며 말했다.

"왜, 왜냐하면 말야. 짜장면이 무슨 색이야? 검은색이지? 평생 검은색만 봤더니 흰색이 보고 싶어서 그래. 히말라야에 가면 눈이 시리도록 하얀 눈을 볼 수 있을 거 아냐. 하얀 눈을 보면서 마음을 정화시키려고 그러지."

"브라보!"

잠자코 있던 외삼촌이 손뼉을 치며 활짝 웃었다. 엄마가 외삼촌을 노려봤다. 외삼촌이 엄마 시선을 외면하고 아빠한테 엄지손가락을 치켜들었다.

엄마는 아빠의 말이 일리가 있다는 듯 고개를 끄덕였다.

"좋아. 그럼 당신은 히말라야에 가서 흰색을 실컷 보고 와. 기동서, 넌 어떡할 거야?"

외삼촌이 기다렸다는 듯이 대답했다.

"내 걱정은 하지 마. 난 갈 데가 있어."

"어디?"

"그냥 그 정도로만 알고 있어."

"그럼 가게 그만둘 거야?"

"응."

갑과 을의 관계는 이렇게 쿨하게 끝났다. 이번에는 내 차례였다.

"그리고 진익이, 너."

심장이 덜컥 내려앉았다. 나? 나는 어떻게 되는 거지? 이제는 엄마가 내 이름을 부르기만 해도 심장이 벌렁거린다.

"넌 공사가 끝날 때까지 춘천 외할머니 댁에 가 있어."

춘천에 가 있으라고? 외할머니 댁은 나한테 유배지나 다름없다. 거긴 컴퓨터도 없고 친구도 없고 나갈 데도 없다. 거기서 한 달이나 살아야 하다니……. 아, 정말이지 개 같은 내 인생.

공사 기간 동안 우리 식구가 머물 거처가 확정되자, 엄마 아빠는 이제 상호를 어떻게 할 것인가를 놓고 열띤 토론을 벌였다. 엄마는 이참에 아예 '동구반점'이라는 상호를 버리고, '블랙누들'이니 '명가짜장'이니 하는 세련된 이름으로 바꾸자고 주장했다. 아빠는 반대했다. 다른 건 다 바꿔도 상호는 절대 안 된다고, 바꾸려면 차라리 남편을 바꾸라는 협박까지 했다.

너무나도 단호한 아빠의 말에 엄마는 기가 질렸는지, 아니면 감동을 했는지, 그것도 아니면 훌륭한 주방장을 잃고 싶지 않았는지, 상호는 그대로 두고 대신 간판을 바꾸겠다고 했다. 아빠는 이번에도 반대

했다. 아무래도 간이 배 밖으로 튀어나온 것 같다.

“저 간판도 버리지 마. 저건 우리 ‘동구반점’의 상징이야.”

엄마는 세련된 인테리어에 저런 구닥다리 간판은 절대로 어울리지 않는다면서, 상호를 양보했으니 간판을 양보하라고 맞섰다. 아빠는 오히려 그 촌스럽고 낡은 게 고객들에게 더 어필할 수 있다면서 엄마를 설득했다.

상호를 바꾸든 간판을 바꾸든 나는 아무 관심도 없었다. 굳이 나한테도 의견을 묻는다면 나는 무조건 아빠 편이다. ‘동구반점’은 역사가 자그마치 100년이나 된 유서 깊은 짜장면 집이다. ‘동구반점’이라는 상호는 버려야 할 구시대적인 유물이 아니다. 그 상호 안에는 100년 동안 이어져 온 ‘동구반점’만의 고고한 역사가 흐르고 있다. 아빠 말대로 상호를 바꾸는 것은 그 맥을 끊는 거고, 그건 할아버지의 유지뿐 아니라 얼굴도 모르는 원래 주인의 뜻도 거스르는 것이다. 뿐만 아니라 대를 이어서까지 우리 짜장면을 사랑해 준 단골손님들을 배신하는 행위이다. 이번에도 엄마가 졌다. 상호와 간판은 그대로, 나머지는 모조리 바꾸기로 했다.

이번 기회에 아빠를 다시 보게 됐다. 엄마한테 꼼짝 못 하는 공처가인 줄 알았는데, 알고 보니 결정적인 순간에 실속을 차리는 실속파였다. 외삼촌은 그날로 짐을 싸서 나갔다. 아직 공사를 시작하려면 며칠 더 남았지만, 그 며칠이 무슨 의미가 있느냐면서 홀연히 사라져 버렸다.

외삼촌이 떠나자 마음 한구석이 텅 비어 버린 것처럼 쓸쓸해졌다. 외삼촌은 나에게 형 같은 존재였다. 우리 집에서 그나마 대화가 통하는 유일한 사람이었다. 떠나기 전, 외삼촌은 내 귀에 대고 속삭였다.

"난 진짜 나를 찾아 떠난다. 너도 진짜 너를 찾아라."

그 말을 듣고 이제 더는 외삼촌 걱정을 하지 않아도 되겠구나, 생각했다.

내가 살고 있는 이 현실이 연극이라면 어쩐지 절정을 향해 치닫고 있다는 느낌이 들었다. 기승전결에서 이제 결만 남은 느낌. 나도 뭔가를 결심해야 할 것만 같은, 그런 시간이 점점 다가오고 있는 듯한 느낌적 느낌. 마음이 놀랍도록 차분해지고 있었다.

삶은 선택이다

김요정을 가운데 두고 만들어지는 텅 빈 원은 날이 갈수록 점점 더 커졌다. 점심시간에 식당에 내려가 보니, 오늘도 김요정 주위로 반경 1미터 정도는 자리가 비어 있었다. 나는 식판을 들고 김요정 옆에 가서 앉았다. 아이들이 일제히 나를 쳐다보는 게 느껴졌다.

김요정이 고개를 숙인 채 주위 눈치를 보며 말했다.

"왜 이래?"

"뭘?"

"다른 데 앉아."

나는 다른 아이들이 들을 수 있도록 큰 소리로 말했다.

"네가 이 자리 전세 냈냐?"

동기와 박홍래, 황금동이 식판을 들고 오다가 걸음을 멈췄다. 현

'우주로탈출프로젝트' 멤버 세 명은 전 멤버 두 명을 경멸에 가득 찬 눈으로 내려다보았다. 현 멤버들을 무시하고 숟가락을 집어 들었다.

"먹자."

동기가 내 앞으로 한 걸음 더 걸어왔다. 심장이 쿵쿵 뛰었지만 태연한 척하며 숟가락으로 국을 떴다. 그때 갑자기 동기가 내 식판을 엎어 버렸다. 순식간에 일어난 일이라 방어할 틈도 없었다. 국이 든 숟가락을 들고 멍하니 앉아 있는데, 동기가 호들갑스럽게 말했다.

"아이고, 미안. 내 손이 나도 모르게 너의 식판을 엎어 버렸네."

나는 태어나서 한 번도 주먹 쥐고 싸워 본 적이 없었지만, 지금 당장 동기의 얼굴에 주먹을 날리고 싶은 충동을 느꼈다. 몸이 집채만 한 박홍래가 거대한 배를 내 눈앞으로 들이밀지만 않았으면 분명히 주먹을 날렸을 거다.

박홍래가 초딩 같은 목소리로 말했다.

"니기미 뽕이다, 시발아."

박홍래가 지나가고 황금동이 김요정과 나를 한 번씩 쓰윽 훑어보며 지나갔다.

"어떡해."

김요정이 휴지를 내 앞으로 내밀었다.

"됐어."

김요정이 이번에는 손도 대지 않은 자기 식판을 내 앞으로 밀었다.

"이거라도 먹어."

"괜찮아."

주위에서 우리를 지켜보고 있던 여자애들이 수군거렸다. 철가방이 어쩌고, 검은 하트가 어쩌고 하는 말이 귀에 들어왔다. 지난 축제 이후 내 별명은 '철가방'이 되었다.

김요정이 식판을 들고 일어났다.

"따라와."

나는 엎질러진 음식을 식판에 대충 담아 잔반함에 털어 넣고 김요정을 따라갔다.

김요정은 우리 학교에서 가장 으슥한 장소인 소각장 쪽으로 걸어갔다. 소각장은 오래전에 폐쇄돼서 소각로에는 까맣게 그을린 흔적만 남아 있었다.

김요정이 갑자기 걸음을 멈추더니 홱 돌아보았다.

"왜 자꾸 따라다니는데?"

오늘 아침, 나는 김요정과 함께 학교에 왔다. 학교로 오는 길에 아이들의 엄청난 눈총과 수군거림을 받았다. 학교에 와서도 김요정을 졸졸 따라다녔다. 심지어 김요정이 화장실에 갈 때도 밖에서 기다렸다가 교실로 같이 돌아왔다.

"잊었냐? 네가 먼저 날 따라다녔잖아."

"내가 언제?"

"치매 걸렸냐? 찰거머리처럼 날 따라다녔던 거 벌써 잊었어?"

"그건……."

김요정이 무슨 말을 하려다가 말꼬리를 흐렸다. 그렇겠지. 할 말이 없겠지. 이번에는 내가 물었다.

"넌 왜 그러는데?"

"내가 뭐?"

"내 뒤를 졸졸 따라다닐 때는 언제고, 지금은 왜 날 피하는데?"

"내가 언제 널 피했다고 그래?"

"하루 종일 날 못 본 척했잖아."

"그건……."

이번에도 김요정은 말꼬리를 흐렸다. 입이 백 개라도 넌 할 말이 없을 거다. 걱정 마, 김요정. 이제부터 내가 네 주변의 빈 공간을 채워 줄게, 라고 말하면 내가 좀 멋있어 보이려나?

나는 좋은 소식을 전하는 마음으로 말했다.

"나, 팀에서 탈퇴했다."

김요정이 깜짝 놀라서 물었다.

"나 때문에 그만둔 거야?"

"착각은 자유."

김요정이 피식, 하고 웃었다. 그리고 어색한 침묵이 흘렀다. 무슨 말을 해야 할까. 그 침묵을 김요정이 먼저 깼다.

"점심 못 먹어서 어떡해?"

"그럼 수업 끝나고 떡볶이나 쏘시든가."

김요정이 백만 년 만에 활짝 웃었다.

"오케이. 떡볶이에 라면 사리 추가."

"땡큐."

교실에 들어가자 새로운 아메바 커플의 탄생을 알리는 성대한 환영식이 우리를 기다리고 있었다. 칠판에 커다란 하트와 철가방이 그려져 있었다. 하트에서 나온 두 개의 팔이 철가방을 들고 있는 그림이었다. 철가방에는 '동구반점'이라는 글씨가, 그림 위에는 '경축 아메바 커플'이라는 글씨가 적혀 있었다. 나는 지우개를 들고 칠판을 싹싹 지웠다. 등 뒤에서 우우, 하는 야유가 들려왔다. 낙서를 지우고 자리에 와서 앉을 때까지 야유는 계속되었다. 그런데 의자에 앉는 순간, 엉덩이에 뭔가 날카로운 게 박히면서 엄청난 통증이 느껴졌다.

몸을 틀어 내려다보니 압정 하나가 엉덩이에 깊숙이 박혀 있었다. 반 아이들이 웃었다. 김요정이 놀란 얼굴로 다가왔다.

"어떡해? 양호실에 가자."

나는 반 아이들이 다 지켜보는 가운데 엉덩이에 박힌 압정을 빼냈다. 눈물이 나올 만큼 아팠지만 꾹 참았다. 오기는 나를 강하게 만들었다. 처음으로 그걸 느꼈다.

방금 전까지 환호하고 있던 아이들 얼굴이 하나둘씩 굳어졌다.

"이거 누구 거냐?"

압정을 내밀며 아이들에게 물었지만, 누구도 대답하지 않았다.

나는 압정을 들고 동기 앞으로 걸어갔다. 교실 안의 모든 눈들이 나를 따라오는 게 느껴졌다.

"이거 네 거냐?"

동기가 픽, 하고 웃더니 의자에서 일어났다. 옆자리에 앉아 있던 박홍래도 벌떡 일어났다. 심장이 쪼그라드는 것 같았지만 내색을 하지 않으려고 두 눈을 부릅떴다.

"그래, 내 거다. 네 여자 친구한테 복수해 달라고 부탁해 봐."

동기 얼굴을 향해 날아가던 내 주먹을 박홍래가 잡아챘다. 그사이 동기의 주먹이 내 얼굴을 가격했다. 나는 책상 사이로 나자빠지면서 교실 바닥에 머리를 세게 부딪혔다.

갑자기 주위가 깜깜해졌다. 눈을 깜빡여 보았지만 아무것도 보이지 않았다. 분명히 얼굴을 맞고 머리를 바닥에 부딪혔는데 전혀 아프지도 않았다. 내가 죽었구나, 그런 생각이 들자 이상하게 마음이 편안해졌다.

잠시 후 내 몸에서 뭔가가 빠져나와 허공으로 날아올랐다. 투명한 비닐봉지 같기도 하고, 하얀 구름 같기도 하고, 연기 같기도 한 '그것'이 깜깜한 허공에서 하늘거렸다. 사람이 죽으면 몸에서 영혼이 빠져나간다더니, 저것은 내 영혼인가? 내 영혼을 쳐다볼 용기가 없어서 눈을 감아 버렸다.

눈을 떠 봐.

무서워서 눈을 뜰 수가 없었다.

눈을 떠 보라니까.

어디선가 많이 들어 본 목소리였다. 익숙했지만 누구의 목소리라고 딱 꼬집어서 말할 수 없는, 그런 목소리. 생각해 보니 그건 바로 내 목소리였다. 간신히 눈을 떴다.

'그것'은 서서히 윤곽을 드러냈다. 즉석 사진기에 찍힌 사진처럼, 양초로 그린 그림을 불에 달궜을 때처럼, 리트머스 시험지에 시험 용액을 묻혔을 때 나타나는 반응처럼. 처음에는 윤곽이, 그다음에는 머리가, 그다음에는 눈과 코와 입이, 그다음에는 머리카락이, 그다음에는 어깨와 몸통과 팔다리가, 그다음에는 얼굴의 작은 솜털이, 그다음에는 피부에 생기가, 그리고 마지막에는 그 눈에 생명 같은 것이 생겨났다.

그것은 바로 나였다. 아니, 나하고 똑같은 그 무엇이었다.

'그것'이 물었다.

내가 보여?

응.

이번에는 내가 물었다.

넌 누구야?

'그것'이 대답했다.

나는 배진익.

내 이름도 배진익. '그것'과 나는 하나일까? 내 이름이 배진익라는 걸 한 번도 의심해 본 적이 없었는데 갑자기 궁금해진다. 허공에 떠 있는 유령 같은 '그것'이 배진익일까? 아니면 나, 배진익이 '그것'일까?

그렇게 머리에 쥐가 나도록 생각하고 있는데 '그것'이 물었다.

너, 김요정 좋아하냐?

한번도 김요정을 여자로 좋아한다고 생각해 본 적이 없었다. 오히려 김요정을 싫어하고 증오했다. 그런데 지금은 그 물음에 선뜻 '아니다.'라고 대답할 수가 없다.

모르겠어.

'그것'이 또 물었다.

넌 왜 김요정 편에 선 건데?

왜냐하면…….

김요정이 위기에 처해 있으니까. 김요정은 지금 약자고 약자의 편에 서는 게 정의라고 믿으니까. 김요정과는 같은 공부방에 다녔으니까. 김요정은 우리 동네에 사니까. 하지만 딱 이거다, 라고 할 만한 대답이 떠오르지 않았다.

'그것'이 말했다.

지금이라도 늦지 않았어. 네 친구들한테로 돌아가. 그래야 남은 중학교 생활이 편해.

엉덩이에 압정이 박혔을 때, 솔직히 너무 아팠다. 하지만 아픔보다도 앞으로 다가올 시간들이 공포스러웠다. 그렇다고 '그것'이 말한 것처럼 다시 돌아갈 생각은 없다. 나는 단호하게 말했다.

절대로 그럴 일은 없을 거야.

'그것'이 웃으며 말했다.

그럴 줄 알았어. 네가 돌아가지 않는 이유를 말해 볼까?

말해 봐.

'그것'은 비닐봉지처럼 가볍게 아래로 날아와, 내 얼굴 바로 위에서 살포시 멈췄다. 가까이에서 보니 더 확실했다. '그것'은 진짜 나였다. 직접 눈으로 확인하고 나니 오히려 담담해졌다.

넌 태어나서 처음으로 선택이라는 것을 했으니까.

선택?

응, 네가 정의라고 믿는 것에 대한 선택. 난 그런 널 응원해. 넌 옳았어.

고맙네.

네 앞에는 엄청난 고통이 기다리고 있을 거야.

알아.

그럼 됐어.

'그것'이 허공으로 붕 떠오르더니 물방울처럼 톡 터져 버렸다. 아아, 이제 난 진짜 죽었구나. 아직 못 해 본 것도 많은데. 열다섯 살, 앞길이 창창한 나이에 제대로 한 번 피어 보지도 못하고 이렇게 지고 마는구나.

"눈을 떠 봐."

누군가의 목소리가 들렸다. 또 '그것'인가? 아직 숨이 안 끊어졌나? 생명이란 건 참으로 질기디질긴 거로구나.

"눈 떠 보라니까."

또다시 목소리가 들렸다. 이번에는 분명히 알 수 있었다. 내 목소리는 아니었다. 그건 김요정 목소리였다.

나는 간신히 눈을 떴다.

"이제 정신이 들었구나, 진드기!"

김요정이 나를 내려다보고 있었다. 주변을 둘러보니, 풍경이 낯익었다. 내가 천국에 와 있는 게 아니라면 이곳은 분명히 우리 학교 양호실이다. 김요정이 침대 옆에서 천사 같은 얼굴로 나를 내려다보고 있었다.

"얼마나 걱정했는데."

김요정이 눈물이라도 흘릴 것 같은 얼굴로 말했다.

"어떻게 된 거야?"

"너, 아까 기절했어. 양호 선생님이 괜찮을 것 같다고 하셔서 병원에는 안 데려갔어."

침대에서 몸을 일으키자 머리가 깨질 것처럼 아팠다.

"아, 머리야."

나는 다시 침대에 드러누웠다. 김요정이 이불을 끌어다 덮어 주며 말했다.

"더 누워 있어."

내가 김요정한테 간호를 받는 날이 오다니, 정말로 세상 오래 살고 볼 일이다. 그래, 너 앞으로 나한테 잘해야 돼. 내가 누구 때문에 이런 꼴을 당했는데.

김요정이 말했다.

"고마워, 진드기. 그리고 미안해."

이건 뭐 유행가 가사도 아니고, 뭐가 고맙고 뭐가 미안하다는 거야. 아무튼 이렇게 김요정과 같이 있으니까 기분이 묘하다.

양호 선생님이 침대 옆으로 오더니 내 손목을 잡아 맥박을 재고는 겨드랑이에 끼워 놓은 체온계를 빼내 눈금을 읽었다.

"맥박도 정상이고 열도 없네. 어디 아픈 데 없니?"

"네."

"그래도 무리하면 안 되니까 수업 끝날 때까지 여기 누워 있어라. 김요정, 넌 이제 교실로 가고."

몸을 뒤척이자 엉덩이가 아팠다. 뺨도 얼얼했고 이도 시렸다. 온몸이 종합 병원이 됐구나.

담임 선생님에게는 동기에게 맞아 기절했다고 보고했다. 담임 선생님은 동기에게 날 때렸느냐고 물었고, 동기는 내가 의자에 걸려 넘어진 건 보았어도 때린 적은 없다고 거짓말을 했다. 반장은 물론이고, 폭력 현장에 있던 아이들 모두 같은 말을 했다. 결국 동기는 아무 처벌도 받지 않았다. 억울했지만 참기로 했다. 참지 않으면 뭐 어쩌겠나? 다들 한통속인데.

지구 최후의 날처럼 방학식 날이 왔다. 아이들은 빗자루를 탄 마녀들처럼 교실에서 붕붕 날아다녔고, 돌고래처럼 신경을 박박 긁는 괴성을 질러 댔다. 교실 안의 공기가 어제와는 사뭇 달랐다. 불안하고 들뜨고 신나고 아쉽고……, 도저히 말로 설명할 수 없는 기운이 가득

했다.

교실에 들어섰을 때 그런 기분을 느낀 건 단순히 오늘이 방학식이기 때문일 거라고 생각했다. 우리들에게 방학식은 세상의 종말을 알리는 아마겟돈 전쟁과도 같은 것이니까. 그런데 그것 말고도 다른 이유로 이상한 기운이 감돌고 있다는 것을 곧 알아차렸다.

김요정의 책상과 의자가 없어졌다. 1분단 앞에서 다섯 번째 창가 쪽이 김요정 자리였는데, 이가 빠진 것처럼 그 자리에만 책상과 의자가 감쪽같이 사라졌다. 마치 처음부터 비어 있었던 자리마냥 휑했다.

김요정과 나는 교실 안을 돌아다니며 책상과 의자를 찾아보았다. 하지만 김요정의 것은 물론이고, 여분의 책상과 의자도 전혀 눈에 띄지 않았다. 아이들이 우리를 가리키며 등 뒤에서 낄낄거렸다.

그때 동기가 큰 소리로 말했다.

"야, 검은 하트! 정의의 이름으로 널 심판한다. 넌 예전에 놀던 뒷골목으로 돌아가라."

어쭙잖게도 박홍래가 한마디 거들었다.

"철가방도 가져가라. 분리수거해야지."

반 아이들이 환호성을 지르고 박수를 쳤다. 김요정은 그 말을 못 들은 척하고, 책상과 의자가 없는 빈자리에 우두커니 서 있었다.

정다소가 빈정거리는 말투로 말했다.

"요즘 일진들은 얼굴에 철판을 기본 옵션으로 깔고 있나?"

얼굴에 철판을 깐 건 김요정이 아니라 나였다. 철판이 서서히 달궈

지면서 얼굴에서 화끈화끈 열이 났다. 너희가 인간이냐? 주먹을 꽉 쥐었다. 다 죽여 버릴 거야. 하지만 불끈 쥔 주먹을 부르르 떨 뿐, 내가 할 수 있는 건 참는 일밖에 없었다. 딱 몇 시간만 참으면 된다, 딱 몇 시간만.

담임 선생님이 교실로 들어왔다. 담임 선생님은 김요정에게 왜 서 있느냐고 물었다. 김요정은 고개를 푹 숙인 채 아무 말도 하지 못했다. 곧 담임 선생님이 반장에게 물었고, 반장은 모르겠다고 대답했다.

나는 손을 번쩍 들고 말했다.

"김요정 책상이 없어졌습니다."

담임 선생님은 내 말을 들은 척도 하지 않고, 귀찮다는 표정으로 김요정에게 말했다.

"뒷사람한테 방해되니까 뒤에 가서 서 있어라."

김요정은 가방을 어깨에 메고 말없이 교실 뒤쪽으로 갔다. 여기저기서 또다시 키득거리는 소리가 들렸다.

그때 스피커에서 교장 선생님과 학생 부장 선생님의 훈화가 차례로 흘러나왔다. 어느새 방학식이 시작된 모양이었다. 언제 들어도 토씨 하나 안 틀리고 똑같은 얘기다. 여러분은 우리나라의 희망이자 미래이고, 방학에는 몸과 마음을 바르게 할 수 있도록 노력하고, 자기계발을 게을리하지 말고, 어쩌고저쩌고.

훈화 말씀이 전혀 귀에 들어오지 않았다. 아이들은 책상에 엎드려 있거나, 몰래 휴대폰을 들여다보고 있거나, 옆사람과 장난을 치거나,

먼 산을 보며 멍 때리고 있거나 했다.

나는 방학식이 진행되는 동안 계속 같은 말만 중얼거렸다. 에이 씨, 니기미 뽕. 니기미 뽕 시발, 니기미 뽕 시발, 니기미 뽕 시발.

아무리 욕을 내뱉어도 속이 뚫리지 않았다. 오히려 울화만 더 쌓였다. 만화책을 읽고 있던 짝이 놀란 얼굴로 나를 힐끔 보고는 다시 만화책으로 눈길을 돌렸다.

방송이 끝나고 담임 선생님이 방학 동안 지켜야 할 유의 사항을 말하기 시작했다. 방학이라고 놀지만 말고 다음 학기를 위해 몸과 마음을 충전하고 어쩌고저쩌고. 초등학교 때나 지금이나 선생님들이 쓰는 언어는 다 똑같다. 역시 어른들이란 늘 똑같은 말들을 내뱉는 존재들이다. 특별하지도, 신선하지도 않다.

담임 선생님이 유인물을 나눠 주었다. 앞에서부터 건너온 유인물이 맨 뒷자리까지 전달됐다. 뒤를 슬쩍 돌아다보았다. 마지막 줄에 앉은 동기는 뒤에 서 있는 김요정에게 유인물을 건네주지 않고 남은 것을 구겨서 쓰레기통에 던져 버렸다. 담임 선생님은 김요정이 유인물을 받지 못했다는 걸 알면서도 별말이 없었다. 그러고는 이번 학기가 끝났다는 것을 정식으로 선포했다.

"다들 건강한 몸과 마음으로 2학기에 다시 만나자. 그동안 정말로 수고했다."

이제 다 끝났다. 이 교실에는 희망도 없고 기대도 없다. 차라리 속이 후련하다.

이제는 각자의 길로

유구한 역사와 전통을 자랑하는 '동구반점'은 개점 이래 처음으로 장기 휴업에 들어갔다. 엄마는 오래전부터 잡지와 인터넷을 뒤져 최신 유행하는 매장 사진과 정보를 모았다. 공사 재료도 일일이 구입했고, 인테리어 업체도 여러 군데에서 견적을 받아 가장 저렴하면서도 실력이 뛰어나다고 소문난 곳으로 정했다.

엄마가 돈 버는 일이 아니라 돈 쓰는 일에 그토록 몰두하는 모습은 처음이었다. 그래서 그런지 잔소리도 줄어들었고, 얼굴에 늘 웃음을 달고 다녔다. 웃는 얼굴이라니, 엄마하고는 안 어울리잖아.

아빠는 벽에 세계 지도를 붙여 놓고, 히말라야에 커다란 동그라미를 쳐 놓았다. 덕분에 히말라야라는 지명이 광주나 부산처럼 친근하게 느껴졌다. 히말라야는 고대 산스크리트 어로 '눈의 거처'라는 뜻이라는 것도 알게 되었다. 히마는 '눈'을, 알라야는 '거처'를 의미한다고 한다. '눈의 거처'라니, 너무 멋진 말 아닌가. 평생을 짜장면의 거처에서 살아야 했던 아빠에게 눈의 거처는 파라다이스 같을 거라고 생각되었다.

아빠는 여행 장비도 마련했다. 날마다 등산복, 트레킹화, 배낭, 침낭, 등산 양말, 스틱, 모자 같은 등산 용품이 택배로 배달됐다. 아빠는 가게 문을 닫고 이층에 올라오면 택배 상자를 열고 여행 용품을 하나씩 꺼내 보며 행복해했다. 마치 지금 여행을 하고 있는 사람처럼. 어쩌면 아빠의 여행은 이미 시작된 것인지도 모른다.

아빠가 히말라야로, 내가 춘천으로 떠나기 전날, 우리는 가게에 모여 아빠가 정성을 다해 만든 중국 음식으로 저녁을 먹었다. 지금까지 우리 가게에서 한 번도 먹어 본 적이 없는 코스 요리였다. 아빠는 우리 식구만을 위한 식탁을 차렸다.

하얀색 식탁보가 깔린 식탁 위에는 우리 식구가 한 번도 써 본 적 없는 찻주전자와 세 개의 찻잔이 놓여 있었다. 주전자에는 따듯한 재스민 차가 들어 있었다. 각자의 자리에는 잘 접힌 하얀색 냅킨이 역시 새하얀 그릇 위에 살며시 놓여 있었다. 어느 고급 중식당에 손님으로 온 것 같은 기분이 들었다.

아빠가 행복한 얼굴로 말했다.

"오늘은 우리가 이 가게의 귀한 손님들이야."

그 말을 듣는데 이상하게 코끝이 찡했다.

아빠는 그동안 주방에서 갈고 닦았던 실력을 발휘했다. 에피타이저로 나온 건 상어 지느러미 스프였다. 가끔씩 상어 지느러미 스프를 주문하는 손님이 있었지만, 일 년에 한두 번 있는 일로 평소에는 구경도 못 하는 음식이었다. 내가 어렸을 때 아빠가 만든 걸 먹어 봤다는데 기억에 없으니 이번이 처음이나 마찬가지였다.

상어 지느러미 스프를 한 입 먹자 식도가 불에 타는 것처럼 뜨거웠다. 그래도 맛은 정말 좋았다. 엄마는 이 비싼 재료를 왜 쓸데없이 낭비하느냐며 잔소리를 하면서도 그릇 바닥까지 숟가락으로 박박 긁어 먹었다.

두 번째로는 야채 전복 조림이 나왔다. 역시 처음 먹어 보는 음식이었다. 야채는 와삭와삭한 식감이 살아 있었고, 전복은 씹을수록 쫀득쫀득하고 달짝지근했다. 그다음으로는 새우와 해삼, 오징어 등 싱싱한 해산물과 죽순으로 만든 팔보채, 바삭바삭하게 튀긴 닭에 매콤한 소스를 끼얹은 깐풍기, 돼지고기와 표고버섯, 새우를 곱게 채 썰어 녹말을 풀어 만든 류산슬이 차례로 나왔다. 아빠는 음식을 다 먹으면 재빨리 주방으로 가서 다음 음식을 만들어 내왔다. 맛도 속도도 최고였다.

마지막 디저트로 나온 달콤한 중국식 맛탕까지 먹고 나니까 숨을 쉴 수 없을 정도로 배가 불렀다. 내가 지금까지 먹어 본 것 중 최고의 만찬이었다. 아빠의 솜씨를 그동안 과소평가한 것 같아 미안했다. 아빠가 만들 줄 아는 거라고는 짜장면밖에 없는 줄 알았는데, 이렇게 훌륭한 솜씨를 갖고 있었다니. 텔레비전 요리 프로에 나오는 멋진 셰프들 같잖아.

아빠는 히말라야 정상을 정복한 것 같은 벅찬 얼굴로 엄마와 나를 번갈아 바라보았고, 엄마는 연신 "아이고, 배불러 죽겠다."는 말을 되풀이했다.

엄마가 배를 두드리며 말했다.

"당신 솜씨, 제법이야."

나는 엄지손가락을 높이 쳐들어 보였다.

아빠가 수줍은 얼굴로 대답했다.

"내가 뭐 짜장면만 잘 만드는 줄 알았어? 이래 봬도 경력 20년차 중국집 주방장이야."

"어머, 그러셨쎄요? 몰라 봬서 죄송합니다아."

엄마가 입을 삐죽이며 놀리듯이 말했다. 엄마가 저렇게 농담을 하는 것도 처음 있는 일이다.

매일 오늘만 같으면 얼마나 좋을까. 아빠가 솜씨를 발휘해 만든 맛있는 음식, 엄마의 썰렁한 농담, 이런 화기애애한 분위기……. 보통 가정에서는 매일 있는 풍경일 수도 있겠지만, 우리 집에서는 내가 태어나고 처음이다. 오늘은 정말이지 의미 있는 날이다.

삶이라는 건 99프로의 고통과 1프로의 행복으로 이루어져 있다. 그 1프로를 위해 사람들은 99프로의 고통 속에서 살아간다. 1프로의 행복마저 없다면, 삶이 얼마나 비참할까? 이 집에서의 내 삶은 100프로의 고통밖에 없다고 믿고 있었는데, 오늘에서야 1프로의 행복도 있다는 것을 알았다. 이미 늦었지만, 이제라도 알게 되어 다행이라고 생각했다. 앞으로 이런 저녁 풍경은 우리 집에서 두 번 다시 볼 수 없을 것이다. 그런 생각을 하자 코끝이 알싸해지면서 눈물이 나오려고 했다. 저녁을 먹고 일찍 잠자리에 들었지만 잠이 오지 않았다. 새벽까지 뒤척이다 겨우 잠이 들었다.

아침에 일어나 보니 아빠는 벌써 떠나고 없었다. 벽에 붙어 있던 지도가 없어지고 출입구 쪽에 쌓아 놓았던 배낭과 트렁크도 없어졌다.

현관 옆에는 내가 들고 갈 트렁크가 놓여 있었다. 나는 방에 들어가 찌그러진 철가방을 갖고 나왔다.

"그건 왜 갖고 나와?"

"이것도 가져갈 거야."

"왜?"

엄마 얼굴에 짜증이 확 밀려왔다. 엄마가 내 철가방을 빼앗으려고 손잡이를 움켜쥐었다. 나는 철가방을 꼭 쥐고 놓지 않았다.

"참 별스럽네. 그 고물딱지를 뭐에 쓰려고?"

마침내 엄마가 철가방을 놓았다. 나는 전리품이라도 되는 듯이 철가방을 가슴에 꼭 안았다.

"가자. 전철역까지 데려다줄게."

"혼자 갈게."

엄마가 도무지 이해할 수 없다는 표정으로 내 얼굴을 빤히 쳐다보았다. 나는 서둘러 신발을 신었다.

"다녀오겠습니다."

꾸벅 인사를 하고 현관문을 꽝 소리가 나게 닫아 버렸다.

"무정한 놈."

집 안에서 엄마 목소리가 들려왔다.

그래요, 저는 무정한 놈입니다. 그러니 이제 저란 놈은 잊으세요. 행복하게 잘 사십시오, 어머니. 현관문에 대고 허리를 숙여 공손히 인사를 하고 계단을 내려갔다. 집에서 나와 전철역과는 반대 방향으로 걷기 시작했다. 처음부터 춘천행 전철을 탈 생각은 전혀 없었다.

지금까지 살면서 내가 선택할 수 있는 것들은 그리 많지 않았다. 나는 원하지도 않았는데 '동구반점'의 외아들로 태어났고, 원하지도 않았는데 이미 가게의 주방장 겸 주인으로 내정되어 있었다. 내가 먹고 싶지 않아도 짜장면을 자주 먹었고, 내 의지와는 상관없이 다른 아이들과 똑같은 교복을 입었으며, 내가 고르지도 않은 학교에 다녔다. 엄마 아빠를 골라서 태어나지도 못했고, 이렇게 작은 키와 못생긴 얼굴도 내가 고른 게 아니다.

김요정을 만난 것도 내 의지는 아니다. 엄마가 억지로 김요정과 짝을 지어 공부방에 넣어 줬으니까. 그렇게 2년 동안을 보기 싫어도 봐야 했다. 게다가 이제는 전혀 궁금하지도 않았던 김요정의 정체도 알아 버렸다.

처음으로 의문이라는 게 생겼다. 나는 왜 태어났을까? 내 의지대로 할 수 있는 게 이렇게 하나도 없는데 나는 왜 아등바등 이곳에서 살고 있는지, 또 살아가야 하는지 그 이유를 모르겠다. 외삼촌은 진짜 자기를 찾아 떠난다고 했다. 나도 진짜 내 삶을 찾아 떠날 거다.

전철역과 반대 방향인 '레인보우잡화점'을 향해 곧장 걸어갔다. '레인보우잡화점' 간판이 보이자 마음이 이상하리만치 평안해졌다.

잡화점 안에서는 마 사장이 손님들과 테이블 앞에 앉아 차를 마시고 있었다. 뭐가 그리 좋은지 다들 활짝 웃고 있었다. 가게 앞을 지나 옆 골목으로 들어갔다. 그 골목에 잡화점 안채로 통하는 문이 있다. 문이 반쯤 열려 있어서 집 안으로 들어갔다.

김요정은 부스스한 머리를 긁적이며 나왔다. 햇빛에 눈이 부신지 미간을 잔뜩 찡그리고 있다가, 내 옆에 있는 트렁크와 철가방을 보더니 두 눈을 동그랗게 뜨고 물었다.

"웬일이야? 어디 가니?"

"할 말 있어. 따라와."

한 손에 트렁크 손잡이와 철가방을 겨우 잡고, 다른 한 손으로는 김요정의 손목을 잡았다. 이제 나는 두려움이 없다. 세상의 막다른 골목까지 와 버렸으니까.

처음에는 머리도 안 감았다고 반항하던 김요정이 슬리퍼를 끌고 순순히 따라왔다. 언젠가 김요정이 자기 가슴을 만지게 해 줬던 그 공원까지 걸어갔다. 아직 이른 시각이라 그런지 공원에는 사람들이 별로 없었다. 우리는 전에 앉았던 의자에 그때처럼 나란히 앉았다.

"너, 오늘 왜 이래?"

진지해지자, 진지해지자, 진지해지자. 마음속으로 주문을 외웠다. 막상 말을 하려니 입안이 바짝 마르고 목구멍이 꽉 막혔다. 크게 한 번 심호흡을 하고 숨을 고른 뒤, 철가방을 열고 그 안에 들어 있던 통장과 현금을 꺼내 김요정 옆에 가만히 내려놓았다. 김요정이 통장과 돈을 보더니 놀란 얼굴로 물었다.

"뭐냐?"

"내 전 재산."

"이걸 왜?"

이 돈을 마련하기 위해 팔 수 있는 물건들을 뒤졌더랬다. 옷이나 신발은 다 싸구려라서 팔 게 없었다. 그래도 한 푼이라도 돈이 될 만한 건 모두 팔았다. 가장 큰 돈이 된 건 게임 아이템이었다. 용돈을 아끼고 아껴 구입했던 각종 무기와 갑옷, 애지중지 아끼던 캐릭터에게 사 입혔던 옷들과 액세서리들. 살 때는 거금을 줬지만 팔 때는 푼돈을 받았다. 내 살덩어리를 떼어 내는 것처럼 아팠지만, 눈물을 머금고 싹 팔아 버렸다.

20만 원이 조금 넘는 돈이 통장에 모였다. 방을 다 뒤진 끝에 겨울 점퍼 주머니에 들어 있던 지폐 몇 장과 침대 밑에서 굴러다니는 동전 수십 개, 책상 서랍에 있던 동전까지 다 모았다. 통장에는 어렸을 때부터 모은 세뱃돈과 용돈이 들어 있었다. 통장의 돈과 여기저기서 모은 돈을 다 합쳐 보니 1,327,911원이었다.

나는 내가 지을 수 있는 가장 진지한 표정을 지어 보이려고 애쓰며 말했다.

"이 돈으로 우리 어디 멀리 가서 함께 살자. 널 알아보는 사람이 아무도 없는 곳으로. 섬이라도 좋고 산골이라도 좋아. 난 어디든 상관없어."

내 말소리가 바람에 일렁이는 물살처럼 파르르 떨렸다. 그동안 이 말을 수없이 연습했다. 긴장해서 약간 달라진 문장도 있었지만 얼추 연습한 대로 나왔다.

김요정은 돈과 통장을 물끄러미 내려다보았다. 무슨 말이라도 좀 했으면 좋겠는데, 도저히 속마음을 읽을 수 없는 표정이었다. 더 이상 기다리지 않고 그다음 연습했던 말을 해치웠다.

"물론 이 돈으로 얼마 못 산다는 것쯤은 나도 알아. 돈 떨어지면 내가 벌게."

그제야 김요정이 내 얼굴을 똑바로 바라보았다.

"네가 어떻게? 무슨 일을 해서?"

역시 이번 질문에 대한 대답도 미리 준비해 뒀기 때문에 당황하지 않았다.

"편의점 알바를 하든, 음식점 서빙 일을 하든……. 뭐든 할 거야. 너 하나쯤은 먹여 살릴 수 있어. 걱정하지 마."

김요정은 진지한 얼굴로 또다시 물었다.

"너, 나한테 왜 이러는 건데?"

이 질문이 예상 리스트에 있었던가? 비슷한 질문은 있었지. 뭐였더라? 나는 조금 당황해서 더듬거렸다.

"그, 그게, 넌 여자니까."

바보 같은 대답을 해 버렸다.

"여자도 돈 벌 수 있어."

안다. 내 말이 양성평등 시대에 뒤떨어진 시대착오적인 발언이라는 거. 하지만 김요정의 마음을 움직이기 위해 어쩔 수 없이 구시대적인 대답을 할 수밖에 없었다. 그저 나를 믿고 따라와도 된다는 걸 강조하고 싶었던 거다.

"아무튼 같이 가는 거지?"

"어디로 갈 건데? 목적지는 정했어?"

"아니, 아직."

생각해 둔 곳이 있기는 하다. 우리나라 방방곡곡을 검색해 보고는 한국의 나폴리로 불린다는 통영이라는 곳에 꽂혔다. 사진으로 본 통영은 쪽빛 바다와 이국적인 풍경이 무척 아름다웠다. 그곳에 가서 나는 바다에서 고기를 잡고, 김요정은 바닷가에서 조개를 캐고 사는 것도 나름 좋겠다고 생각했다. 하지만 김요정이 어떻게 생각할지 몰라서 차마 통영 얘기는 하지 않았다.

김요정이 진지한 얼굴로 물었다.

"왜 나하고 떠나려는 거야?"

2학기가 시작되면 우리 앞에는 상상도 못 할 괴롭힘이 기다리고 있을 거야. 넌 못 견뎌. 작년에 우리 학교에서 집단 괴롭힘 때문에 자살한 애가 둘이나 되는 거 너도 알지? 물론 그 이유 때문에 떠나려고 하는 건 아냐. 어차피 나도 이 집에서 나갈 생각이었어. 너와 나, 우린 지금 이곳과는 어울리지 않는 인간들이야.

"말해 봐. 왜 나하고 떠나려는 건데?"

김요정이 재촉했다. 머릿속에 담아 뒀던 말 대신 다른 말이 튀어나왔다.

"난 네가 검은 하트인지 빨간 하트인지 상관 안 해. 하지만 애들은 달라. 너도 애들이 너한테 어떻게 했는지 알잖아. 이젠 책상까지 치웠어. 그게 무슨 뜻인 줄 알아?"

"무슨 뜻인데?"

"여기에는 네가 설 자리가 없다는 뜻이야."

김요정은 고개를 숙인 채 곰곰이 생각에 잠겼다. 이렇게 심각한 모습은 김요정과는 도저히 어울리지 않는다. 공원에 사람들이 모이기 시작했다. 운동을 하러 나온 사람들, 산책을 하러 나온 사람들, 그냥 어슬렁거리는 사람들. 모두가 여유로운데 우리만 진지하다.

지금쯤 나는 춘천행 전철에 몸을 싣고 신나게 달리고 있어야 한다. 내가 도착할 때쯤 엄마는 외할머니에게 전화를 걸어 확인할 것이다. 내가 가지 않았다는 걸 알면 분명히 나한테 전화가 올 테고. 물론 휴대폰은 꺼 놨지만 엄마가 나를 찾으러 다닌다면 공원은 그리 안전한 곳이 못 된다. 더구나 지금 공원에 산책 나온 사람들 중에 나를 알아본 사람이 있을지도 모른다.

엄마는 이 동네 사람들 중에서 모르는 사람이 거의 없다. 그 누군가가 엄마한테 전화를 걸어 "댁의 아들이 공원에서 어떤 여자애와 진지한 얘기를 나누고 있는데 옆에 트렁크도 있더라. 집 나온 거 같으니까 빨리 공원으로 가 봐라." 하고 일러바칠지도 모른다. 그러면 모든 계획은 꽝. 얼른 이곳을 떠나야 하는데, 김요정은 꼼짝도 하지 않고 있다. 나는 초조해지기 시작했다.

"시간이 없어. 여기서 기다리고 있을 테니까 얼른 집에 가서 옷 갈아입고 간단하게 짐 챙겨 갖고 나와."

김요정이 나를 빤히 바라보다가 갑자기 미친 듯이 웃기 시작했다. 뭐지, 이 웃음의 의미는? 너무 좋아서 실성을 했나? 김요정은 갑자기 웃음을 딱 멈추고 이번에는 양손을 눈에 대고 우는 시늉을 했다.

"앙, 배진익! 너한테 감동받았어. 나 어떡해? 눈물 날 거 같아."

방금 김요정이 뭐라고 했지? 배진익? 와, 처음으로 별명이 아니라 이름을 불러 줬어. 나란 인간, 이렇게 작은 것에도 감동하는 감수성 풍부한 소년이었구나.

"아이고, 이 꼬마야. 그래서 내가 널 좋아하는 거야. 그렇게 순진해 빠져 가지고 이 험한 세상 어떻게 살려고 그러세요."

김요정은 이번에는 귀여워 죽겠다는 표정으로 내 머리를 쓰다듬기 시작했다.

어이가 없었다. 누구에게도 허락한 적이 없는 머리를! 비록 아이큐는 그리 좋은 편이 아니지만 머리는 내 자존심이다. 그 자존심이 지금 내 허락도 없이 쓰담쓰담을 당하고 있는 거다.

거부의 의사로 머리를 홱 뺐다. 김요정은 여전히 실실 웃으며 나보다 열 살쯤 더 먹은 누나 같은 얼굴로 나를 내려다봤다.

"얘야, 엄마가 걱정하시겠다. 그만 집으로 들어가렴."

어이없음이 기분 나쁨으로 변하는 데 1초도 걸리지 않았다.

"사람의 호의를 이렇게 무시해도 되는 거냐?"

"오, 호의라고 했냐? 나, 그런 거 필요 없거든요?"

"넌 그럼 계속 이렇게 살 거야?"

"남이사."

"우리가 남이냐?"

그렇게 말해 놓고 아차 싶었다. 나는 계속 기분 나쁨 상태여야 하는데……. 전혀 어울리지 않는 대사였다. 또다시 김요정의 얼굴에 감동의 쓰나미가 몰려오는 게 느껴졌다.

"고마워, 진드기."

진드기라는 말을 들으니 또 마음이 편안해진다. 도대체 오늘 나 왜 이러니? 감정이 올라갔다 내려갔다 아주 자이로드롭을 타고 있구나.

김요정이 허공을 올려다보며 혼잣말처럼 나직이 말했다.

"넌 내가 왜 신분 세탁을 했는지 궁금하지 않니?"

나는 여자의 과거나 캐고 다니는 찌질이가 아니다. 그렇지만 궁금하다. 궁금해서 미칠 지경이다. 하지만 알고 싶지 않다. 어쩌면 김요정에게 듣게 될 말을 두려워하고 있는지도 모른다.

나는 단호하게 말했다.

"알고 싶지도 않고, 알 필요도 없어."

김요정이 피식 웃더니 말했다.

"무덤에 들어갈 때까지 비밀로 하려고 했는데 이쯤에서 말해야겠네."

"별로 안 궁금하다니까."

"네가 안 궁금해도 내가 말하고 싶어졌어."

목구멍에 모래가 가득 찬 것처럼 깔깔했다. 침을 삼킬 수도 없었다. 거대한 비밀의 문 앞에 서 있는 지금, 그 문 안쪽을 들여다볼 용기가 도저히 나지 않았다. 하지만 김요정은 내 감정 따위는 아랑곳하지 않고 말했다.

"검은 하트 시절, 난 세상에서 무서운 게 없었어. 칼빵을 하고 나니까 완전히 내 세상이 되더라. 난 아무 짓도 안 했는데 아이들이 내 앞에서 벌벌 떨고 자진해서 돈을 갖다 바쳤어."

아무리 상상을 해 봐도 일진 짱인 김요정의 모습을 상상할 수가 없다. 지금은 이렇게 사랑스럽고 귀여운 얼굴인데.

"시간이 지나면서 난 머리는 텅 비고 몸만 거대해진 괴물이 되어 갔어. 흉측하고 잔인한 괴물."

김요정은 거기까지 말하고 생각에 잠긴 듯 한동안 말이 없었다. 인터넷에서 봤던 초딩 시절의 김요정이 떠올랐다. 그러자 어린 나이에 괴물이 되어 버린 김요정에게 적의는커녕 연민이 느껴졌다. 왜, 무엇

때문에 그 어린 나이에 괴물이 될 수밖에 없었을까?

김요정은 담담한 목소리로 계속 말했다.

"6학년 겨울이었는데, 그날도 골목에서 삥을 뜯었어. 독서실에서 공부하고 혼자 가던 여중생을 붙잡았는데, 있는 돈을 순순히 다 내놓더라. 처음에는 어두워서 잘 못 봤는데 나중에 보고 깜짝 놀랐어."

"왜?"

"나를 닮았었거든."

"너를?"

"응, 내 얼굴하고 비슷했어. 거기 있는 다른 애들도 인정했어. 다들 깜짝 놀랐지. 난 뜨끔했어. 동생들과 함께 삥을 뜯고 골목을 나오는데 자꾸만 그 여중생이 신경 쓰였어. 그냥 한 번 더 보고 싶었어. 진짜 날 닮았는지 아닌지 확인해 보고 싶었지. 동생들을 먼저 보내고 다시 돌아가 보니까, 그 여중생이 아직 있더라. 그애는 나를 보더니 놀라지도 않고 아주 담담한 얼굴로 물었어."

"뭐라고?"

"'너 행복하니?'라고."

김요정은 또다시 아무 말이 없었다. 너, 행복하니? 그건 나에게도 묻고 싶은 말이었다. 너, 지금 행복하니? 한 번도 그런 생각을 해 본 적이 없었는데, 이제는 진지하게 생각해 봐야겠다. 나, 지금 행복한가?

김요정이 계속 말했다.

"근데 좀 더 자세히 보니까 그 여중생이 누군지 알겠더라."

"누구였는데?"

"바로 나."

"너?"

"응, 나. 분명히 알아볼 수 있었어. 그 애, 아니지 내가 본 나는 뚱뚱하지도 않았고 몸에 칼빵이 있지도 않았고 험상궂은 표정을 짓지도 않았어. 그냥 환하게 웃고 있었지."

김요정은 꿈을 꾸는 듯한 표정으로 허공을 바라보았다. 마치 허공에 누가 있기라도 한 것처럼. 나도 김요정이 바라보는 곳을 봤지만, 거기엔 아무것도 없었다.

"뻥치지 마. 그게 너였다고?"

"안 믿어도 돼. 암튼 난 봤어. 그 애는……, 그 애는 중학생이 된 나였어."

나도 나를 본 적이 있다. 동기에게 얻어맞고 기절했을 때. 하얀 비닐봉지 같은 것이, 혹은 연기 같은 '그것'이 나타나 나한테 말했었지. 네 선택은 옳았고, 너를 응원한다고. 그때는 꿈을 꾼 거라고 생각했다. 김요정이 자기를 봤다는 말이 사실이라면, 내가 본 '그것' 역시 진짜 나일 수도 있지 않을까?

나는 머릿속이 멍해져서 영혼 없이 물었다.

"잘못 봤을 수도 있잖아."

"아니, 틀림없이 나였어. 설마 13년 동안 봐 온 내 얼굴도 모르겠냐? 그 순간, 심장에 못이 박힌 것처럼 아프더라. 그날 집에 와서 많이 울었어. 사실 검은 하트로 살 때 전혀 행복하지 않았거든. 다들 내 앞에서 벌벌 떨고 삥 뜯은 돈을 펑펑 쓰고 다녀도 공허했어. 늘 불안하고 화가 나 있었어. 근데 그애는 돈을 뜯기고도 행복해 보였어. 그날 밤새 울고 나서 다짐했지. 일진을 떠나기로. 그래서 죽기 살기로 살도 빼고 아무도 날 알아보지 못하는 이곳으로 전학도 온 거야."

"그래서 지금은, 그 애처럼 됐어?"

"아니, 아직 멀었어. 하지만 적어도 검은 하트로 살 때보다는 훨씬 좋아."

"그런데 어쩌냐? 이제 네 정체가 탄로 났으니."

상처를 주려고 한 게 아니라 위로를 하려고 한 말이었는데, 김요정 얼굴이 금세 어두워졌다.

"미안."

김요정이 씁쓸하게 웃었다.

"괜찮아. 난 당해도 싸. 아니, 더 당해야 돼. 어차피 내가 과거에 저질렀던 일 때문에 당하는 거니까 누구도 원망할 생각은 없어. 내 삶이니까 내가 책임져야지. 하지만 앞으로는 조금 덜 후회하는 삶을 살았으면 좋겠어. 솔직히 내 과거는 좀 독했거든. 하하하."

지금 웃음이 나오냐? 울어도 시원치 않을 판에. 한 소리 하려다가 참았다. 그리고 다시 한 번 말했다.

"그러니까 떠나자는 거야."

김요정이 단호하고도 분명하게 대답했다.

"안 가."

"정말?"

"응."

"그럼 학교도 계속 다닐 거야?"

"응."

이제 김요정과 떠나는 것은 물 건너갔구나. 온몸의 세포가 내뱉는 한숨 소리가 들리는 것 같았다. 가출을 결심한 그 순간부터 김요정과 함께 떠날 거라고 확신했건만. 나보다 김요정이 더욱 간절히 가출을 원하고 있을 거라고 믿었다. 그런데 그건 나 혼자만의 착각이었나?

"애들이 더 괴롭힐 텐데?"

"그냥 견딜 거야."

"견딜 수 없으면 그땐 어떡할 건데?"

"그래도 견뎌야지."

그러나 김요정 혼자서 견딘다고 끝나는 문제가 아니다. 이제는 공이 나에게도 넘어왔으니까. 나는 어떡하지? 나는, 견딜 수 있을까? 사방에서 어떤 미친 바람이 불어올지도 모르는데. 가시에 찔릴 수도 있고, 돌부리에 찍힐 수도 있는데. 어쩌면 나는…… 죽을 수도 있다.

김요정이 내 마음을 읽은 것처럼 걱정이 가득한 얼굴로 말했다.

"난 네가 걱정이야. 내 편을 들어준 건 고마운데, 너까지 괴롭힘을 당해서 미안해 죽을 지경이야. 배진익, 부탁이야. 넌 다시 네 친구들에게로 돌아가. 그리고 마음껏 날 괴롭혀도 돼. 진심이야."

지금 내 옆에 앉아 있는 김요정은 온갖 음담패설을 늘어놓으며 나를 놀리던 그 김요정이 아니었다. 진지하고 어른스럽기까지 했다. 대체 김요정은 언제부터 바뀐 걸까?

김요정은 통장과 현금이 들어 있는 봉투를 집어 들더니, 내 찌그러진 철가방에 다시 넣어 주었다. 그러고는 가만히 철가방을 보더니 피식 웃었다.

"음악인의 길을 포기한 건 잘한 일이야."

"너도 무희의 길 포기한 건 잘한 일이거든?"

"또 해 보자는 거야?"

"됐어, 관두자."

김요정이 내 앞에 놓여 있는 트렁크를 가리키며 물었다.

"집에 안 들어갈 거야?"

"응."

"어디로 갈 건데?"

나는 화가 났다는 것을 최대한 어필하기 위해 일부러 퉁명스럽게 말했다.

"남이사 어딜 가든 말든 무슨 상관인데?"

"치, 따라쟁이."

김요정이 일어나 손을 내밀었다. 그 손을 잡으면 영영 이대로 끝나버릴 것 같은 예감이 들어 바지 주머니에 손을 넣은 채 고개를 돌려 버렸다.

김요정이 작별 인사를 했다.

"안녕, 진드기 소년."

그러고는 뒤도 안 돌아보고 휙 가 버렸다. 진짜로 가 버렸다.

혼자 남은 나는, 그러니까 나는, 갈 곳이 없어졌다.

열다섯 살, 여름

나는 열다섯 살의 여름을 평생 잊지 못할 거다. 이 여름에 너무나 많은 일들이 일어났다. 한꺼번에 50년을 살아 버린 뒤, 느닷없이 중년의 아저씨가 된 느낌이다. 결국 나는 결론이 뻔한 삼류 영화의 마지막 장면처럼 춘천행 전철을 탔다. 밤늦게 도착하기는 했지만, 어쨌든 외할머니 집으로 가긴 간 셈이다.

1남 4녀를 낳은 외할머니는 20년 가까이 혼자 살고 있으면서도, 아주 씩씩했다. 내 예상대로 외할머니 집에서는 지루하고 별 볼일 없는 하루하루를 보냈다. 느지막이 일어나서 꾸역꾸역 밥을 먹고 책 읽는 척하면서 휴대폰으로 게임 좀 하다가 동네 한 바퀴 어슬렁어슬렁……. 그러다 저녁이면 어김없이 외할머니와 10원짜리 화투를 치고 9시에 잠을 잤다.

심심하면 앨범을 들춰 봤다. 앨범에는 외할머니와 가족들 사진이 가득 들어 있었다. 엄마의 어릴 적 사진은 조금 충격이었다. 어린 엄마는 꽃밭 앞에서 과자 봉지를 꼭 쥔 채 천진난만하게 웃고 있었는데, 지금의 얼굴은 도무지 찾아볼 수 없을 만큼 귀여웠다. 엄마도 저렇게 귀여웠을 때가 있었구나. 믿어지지 않았다. 다섯 형제자매가 찍은 사진에서는 모두가 정면을 보고 있었는데, 외삼촌만 유독 다른 곳을 보고 있었다. 외삼촌은 그때부터 다른 차원을 꿈꾼 걸까?

히말리야에서 아빠가 보낸 엽서가 왔다. 엽서에는 히말리야가 생각했던 것과 달라서 실망이라고, 꿈은 역시 꿈으로 간직해야 꿈인 것 같다는 알쏭달쏭한 내용과 함께, 눈을 보러 왔는데 눈은 없고 사방에 한국 사람들 천지라서 이곳이 히말라야인지 한국인지 모르겠다는 내용이 쓰여 있었다. 만약 아빠한테 엽서를 보낼 수 있다면 이렇게 쓰고 싶었다.

아빠, 히말라야의 심연을 들여다봐. 그럼 뭔가가 보일 거야. 그게 눈이면 어떻고, 산이면 어때? 또 한국 관광객들이면 어때? 그게 바로 아빠가 히말라야에 간 이유일 테니까.

하지만 아빠는 발송인 주소를 '히말라야에서 아빠가'라고만 적었기 때문에 엽서를 보낼 수 없었다. 물론 진짜로 쓸 생각도 없었지만.

틈틈이 SNS에서 세상 돌아가는 소식을 접했다. 우리 반 아이들은 각자의 방식대로 저마다의 여름을 보내고 있었다. 롯데월드 자이로드롭 앞에서 V자를 그리며 사진을 찍어 올린 아메바 커플도 있었고, 학원에서 열라 뜨거운 여름을 보내고 있다며 참고서 사진을 찍어 올린 우리 반 1등도 있었다. 일본 도쿄의 신주쿠 거리에서 핑크색 원피스를 입은 살찐 중년 아저씨와 사진을 찍은 여자아이도 있었고, 잡지 화보에서나 볼 수 있을 것 같은 음식 사진만 잔뜩 찍어서 올린 아이도 있었다.

가끔씩 도둑질을 하듯 '우주로탈출프로젝트' 멤버들의 SNS도 훔쳐보았다. 홍동기, 박홍래, 황금동, 정다소, 최다슬, 이 다섯 멤버들 외에 새로운 멤버를 영입했는데 놀랍게도 기타의 신 이호성이었다. '우주로탈출프로젝트' 멤버들이 아마추어라면 이호성은 프로 같은 존재였다.

작년 축제 때 이호성의 기타 연주를 들은 적이 있는데 도저히 중딩의 실력이라고는 믿을 수 없을 정도로 뛰어났다. 어떻게 꼬셨기에 이호성 같은 기타의 신이 저런 초초초저질 아마추어 밴드에 합류했는지 불가사의하다. 더 불가사의한 건 학교 음악실을 연습실로 사용하게 됐다는 거였다. 음악실에서 동기와 연주자들은 각자의 악기를 들고, 무희들은 짧은 원피스에 선글라스까지 낀 채 온갖 폼을 다 잡고 찍은 사진이 올라왔다. 그 밑에는 멤버들이 ㅋㅋㅋ이니 ㅁㅊㄴㄴㄷ!!과 같은 댓글들이 주렁주렁 달려 있었다.

내가 없어도 다들 잘 살고 있구나. 내가 없어져도 다들 지금과 똑같겠지. 지구는 돌아가고, 역사는 계속 이어지겠지. 그런 생각을 하자 서글퍼야 하는데 이상하게 마음이 편안해졌다.

여름 방학 때 내 키는 무려 20센티미터나 컸다. 내 몸에서는 매일 매일 엄청난 일들이 벌어지고 있었다. 세포들은 놀랄 만큼 빠른 속도로 분열하고 성장했다. 자고 일어나면 머리카락이 자랐고, 손톱도 자랐다. 코밑에 수염도 거무스름하게 났고 목소리도 거칠게 변했다. 지금 김요정과 키를 견주어 보면 비슷할지도 모른다. 키는 김요정을 따라잡을 수 있어도 정신력은 못 따라잡을 것 같은 예감이 들지만, 뭐 어쨌든 키라도 따라잡았으니 다행이다.

김요정과는 가끔씩 전화 통화를 한다. 여전히 나를 어린애 취급하는 게 기분 나쁘기는 하지만, 어쨌든 김요정이 나보다는 훨씬 더 어른스러운 건 사실이니까 뭐, 대충 참기로 했다. 김요정은 주로 읽고 있는 책에 대해서 떠들어 댔다. 지금은 어울리지 않게도 역사책을 읽고 있는데, 역사가 너무너무 재미있어서 시간 가는 줄 모른 채 푹 빠져들고 있다나? 심지어 나중에 크면 역사책에 나온 곳들을 꼭 여행해 보고 싶다고 했다. 나는 김요정이 말하는 역사책에 대해 별로 아는 게 없어서 그저 듣기만 했다. 속으로는 '어디 두고 보자. 나도 책 많이 읽어서 네 코를 납작하게 해 주고 말리라.' 하고 결심했지만, 책만 펼쳤다 하면 무지막지하게 잠이 쏟아져서 결심을 실현하기에는 많은 어려움이 따를 듯했다.

종종 외삼촌 생각도 했다. 외삼촌은 다른 차원에 대한 연구를 포기했다고 했지만, 나는 외삼촌이 그 연구를 계속 하길 바랐다. 처음에는 외삼촌 말을 믿지 않았지만, 지나고 보니 다른 차원이 분명히 있을 것만 같았다. 페라리를 타고 왔던 외삼촌은 분명히 다른 차원에서 왔다. 양호실에서 내가 봤던 '그것' 역시 다른 차원에서 온 나였다. 김요정이 그날 골목에서 봤다고 했던 여중생도 다른 차원에서 온 김요정이 틀림없을 거다. 이렇게 다른 차원에 있던 '나'는 어느 순간 예고도 없이 우리 앞에 나타난다. 단, 그것을 볼 수 있는 사람과 볼 수 없는 사람으로 나뉠 뿐이다. 외삼촌도 언젠가는 다른 차원에서 온 자기 자신을 직접 만났으면 좋겠다.

나는 '동구반점'의 3대 주인이 되지 않기로 결심했다. 그렇게 결심하고 나자, 갑자기 온몸에 수소를 가득 채운 것처럼 몸이 가벼워져서 날아갈 것만 같았다. 아빠 엄마한테는 집에 돌아가서 말씀드릴 작정이다. 물론 펄펄 뛰시겠지. 그래도 안 한다. 어떤 위협과 협박을 받아도, 안 할 거다. 내 발에 족쇄를 채워 주방에 가둬 놔도 안 한다. 돌아가신 할아버지가 살아 돌아와서 내 머리에 요리사 모자를 강제로 씌워 주며 주방에 눌러 앉혀도 소용없다. '동구반점'의 주인이 되는 게 내 운명이라면, 그깟 운명 따위 쓰레기통에 확 처박아 버릴 테다. 우주가 나서서 반대를 해도 나는 맞서 싸울 준비가 돼 있다. 지금 나는 전투력 최강이다.

그런 결심을 하고 나니까 세상이 다르게 보였다. 흑백 영화에 색이 덧씌워져 총천연색이 된 것 같았다. 나는 더 이상 여름방학 전의 내가 아니라는 것을 직감적으로 느끼고 있었다. 뭐라고 딱 꼬집어 말할 수는 없었지만 그런 느낌이 확실하게 들었다. 내 몸이 탈피를 한 느낌, 그리고 단단한 껍질이 벗겨지고 부드러운 속살이 드러난 느낌, 그리고 그 말랑말랑한 속살들이 매일매일 조금씩 단단해지는 느낌, 그리고 언젠가는 또 탈피를 하고 말 것 같은 느낌, 그러면 좀 더 단단한 껍질을 갖게 될 것 같은 느낌.

내가 앞으로 무엇이 되고 싶은지는 아직도 모르겠지만, 적어도 내가 되고 싶지 않은 것을 찾은 일은 이 여름의 확실한 수확이다. 앞으로 계속 '되고 싶은 것'보다는 '되고 싶지 않은 것'을 찾아볼 생각이다. 그러다 보면 언젠가는 내가 '되고 싶은 것'을 찾게 될 테니까.

그 길로 가면 된다. 앞으로 내 앞에 어떤 고난이 기다리고 있을지 모르겠지만, 나는 목숨을 걸고서라도 꼭 '되고 싶지 않은 것'들을 찾아볼 생각이다.

검은 하트

첫판 1쇄 펴낸날 2016년 4월 28일
5쇄 펴낸날 2021년 5월 10일

지은이 김선희
펴낸이 박창희
편집 김수진 이민주 **디자인** 권은숙
마케팅 이상민 **회계** 양여진

펴낸곳 (주)라임
출판등록 2013년 8월 8일 제 406-2013-000091호
주소 경기도 파주시 회동길 57-9, 우편번호 10881
전화 031) 955-1820, 1821 **팩스** 031) 955-1825
이메일 lime@limebook.co.kr **인스타그램** @lime_pub

ISBN 979-11-85871-39-4 44810
979-11-951893-0-4 (세트)

* 잘못된 책은 구입하신 서점에서 바꾸어 드립니다.
* 본서의 반품 기한은 2026년 5월 31일까지입니다.